LA MAISON DE POUPÉES

Pour Beverly Butler Olsen, amie chère, autrice de talent, et grande amatrice de maisons de poupées, et pour Cherry Barr Jerry, dont les merveilleuses maisons de poupées m'ont donné envie d'en créer une imaginaire.

Illustration de couverture : © Hugo Baurens

Ouvrage initialement publié par
Holiday House Publishing, Inc., New York,
sous le titre : *The Dollhouse Murders*

18, rue Barbès – 92128 Montrouge Cedex
ISBN : 979-1-0363-1177-2
Dépôt légal : octobre 2021

Loi n° 49-956 du 16 juillet 1949 sur les publications destinées à la jeunesse.

BETTY REN WRIGHT

LA MAISON DE POUPÉES

Traduit de l'anglais (États-Unis)
par Agnès Piganiol

bayard

Avant-propos

de R. L. Stine

La maison de poupées de Betty Ren Wright est une histoire de fantômes et une mystérieuse affaire de meurtre. Le genre de livre que j'aime. Et je suis très heureux d'avoir l'occasion d'en parler.

Betty a écrit beaucoup de romans policiers et d'histoires de fantômes, mais celui-ci est le plus connu de tous.

Le livre a été écrit en 1983, et, depuis, son succès ne s'est jamais démenti, tant auprès des enfants que des adultes. On le lit, on l'aime et on frissonne toujours en le lisant. Pourquoi une telle popularité ?

Supposez que vous décidiez d'écrire vous-même une histoire qui donne la chair de poule. Vous devriez y mettre toutes sortes de choses pour la rendre inquiétante et mystérieuse, d'accord ? Que choisiriez-vous ?

Pourquoi pas un vieux grenier poussiéreux où personne n'est allé depuis des années ? Une étrange maison de poupées cachée sous un drap dans un coin secret ? Une nuit

Pourquoi cet engouement pour l'écriture ? Je ne saurais le dire. Mais je crois que j'ai su dès l'âge de neuf ans que je voulais être écrivain.

Quand nous étions enfants dans l'Ohio, mon frère, Bill, et moi adorions les histoires de fantômes et tout ce qui donnait la chair de poule. Nous essayions de nous faire peur mutuellement en nous racontant de longues histoires horrifiques, jusque tard dans la nuit.

Tous les samedis après-midi, nous allions au cinéma local voir des films d'horreur. Nous avons vu des films comme *Le fantôme sans tête*, *Le monstre vient de la mer* et *Le cerveau qui ne voulait pas mourir.*

Bill et moi adorions avoir peur.

Quand Betty Ren Wright était enfant, elle adorait lire. Elle a dit qu'elle dévorait les livres les uns après les autres. Et quels étaient ses préférés ? Les histoires de fantômes.

Betty aimait avoir peur, elle aussi.

Mais elle s'est aperçue qu'il y avait un problème avec les histoires écrites pour les enfants, à cette époque-là. Les fantômes ne pouvaient pas être de vrais fantômes. Il fallait toujours qu'il y ait une explication. Quelqu'un *faisait semblant* d'être un fantôme. Ou bien quelqu'un voyait une ombre et *pensait* que c'était un fantôme.

Betty voulait lire des histoires de fantômes *réels*. De fantômes de défunts. Qui revenaient réellement sur terre hanter les vivants. Elle voulait que les histoires soient surnaturelles : qu'elles ne s'expliquent pas.

Alors, devenue adulte et autrice, elle a écrit le genre d'histoires qu'elle voulait lire : des histoires de fantômes surnaturels. *La maison de poupées* est sa première histoire de fantômes.

Elle s'est inspirée d'une vraie maison de poupées, construite par une de ses amies, qui avait voulu reproduire la maison de ses grands-parents. Mais en la voyant Betty s'est dit : « Il manque juste une chose. Des fantômes. »

Alors… allez-y, commencez à lire. Vous allez faire la connaissance d'Amy, qui découvre la vérité sur la maison de poupées ; de Louann, sa sœur handicapée mentale, qui cause bien des problèmes à Amy ; et de tante Clare, qui refuse de croire que les poupées s'animent.

De nombreuses surprises vous attendent. Et de nombreux frissons. Je crois que vous comprendrez vite pourquoi tant de gens adorent ce livre depuis bientôt quarante ans. Je suis certain que vous l'adorerez aussi.

1

Amy retira ses chaussures et grimpa sur un banc au milieu du centre commercial. Dans l'allée envahie par la foule du vendredi soir, des clients la regardèrent, surpris.

– Tu la vois ? s'inquiéta Ellen. Elle devrait être facile à repérer, vu…

– Vu sa taille, oui, je sais.

Amy sauta du banc. En effet, elle aurait dû repérer l'anorak bleu vif de sa sœur, même au milieu d'une foule. À onze ans, Louann mesurait cinq centimètres de plus qu'elle – qui en avait douze – et pesait dix kilos de plus. À la Stadler School, une école spécialisée pour handicapés mentaux, elle était la plus grande de sa classe.

– Ma mère va me tuer, se lamenta Amy. Quand elle emmène Louann faire des courses, elle ne la quitte pas d'une semelle.

– Ça lui est déjà arrivé de se perdre ?

– Oh ! tu n'imagines pas !

C'était la première fois qu'Amy allait au centre commercial avec Ellen. La première fois qu'elles avaient prévu de faire quelque chose ensemble après l'école. Ellen était nouvelle à Claiborne, et Amy avait très envie d'être sa copine. *Inutile d'y penser, à présent*, se dit-elle. *L'après-midi est fichu... Jamais une amitié n'aura duré si peu de temps.*

Ellen regardait des jeans dans une vitrine. Elle devait regretter de n'être pas venue seule.

– Qu'est-ce qu'on peut faire ? demanda-t-elle. Elle sait téléphoner ?

– Elle s'embrouille, répondit Amy. De toute façon, il n'y a personne à la maison. Ma mère n'est pas encore rentrée du travail. Allons jusqu'au croisement. Elle est peut-être par là-bas, après le tournant, et c'est pour ça qu'on ne la voit pas.

Alors qu'elles approchaient de l'endroit, un son discordant, comme des parasites, traversa la musique d'ambiance. Il fallut un instant à Amy pour comprendre que ces « parasites » étaient des voix.

– Oh, non ! gémit-elle.

Elle avait reconnu deux mots : « Louann Treloar ». Aussitôt suivis d'éclats de rire enfantins.

Elle hâta le pas. Juste après le tournant, au milieu de l'allée, on avait installé un épais tapis et, au bout, un théâtre de marionnettes. Un groupe de bambins avec leurs mères étaient assis sur ce tapis et regardaient la scène, où une marionnette au nez crochu leur posait des questions d'une voix criarde. Louann se tenait là, au centre du groupe, et, le visage rayonnant d'excitation, elle répondait à la marionnette d'une voix tout aussi criarde.

Amy sentit Ellen amorcer une prudente marche arrière. Elle aurait bien voulu en faire autant ! Mais c'était trop tard. Quelques mères commençaient déjà à manifester leur agacement.

– Louann !

Amy se fraya un chemin à travers les spectateurs en s'efforçant de ne pas écraser des petits doigts au passage.

– Pardon. Excusez-moi…

Elle attrapa une manche de l'anorak bleu et tira.

– Allez, viens !

Louann se retourna, l'air ravi.

– La marionnette me parle, Amy. Elle me demande mon nom.

– Allons, dépêche-toi, Louann ! C'est pour les petits.

Elle lui saisit le poignet. La fillette se laissa emmener, sans pour autant quitter la scène des yeux.

– Au revoir, lança-t-elle. Au revoir, marionnette.

– Au revoir, mon chou, répondit la marionnette. Reviens vite !

Il y eut des rires et quelques soupirs d'exaspération parmi les mères.

– Qui d'autre va me parler ? s'enquit la marionnette.

Un chœur de petites voix résonna derrière elles tandis qu'Amy entraînait Louann dans la galerie principale. Ellen les attendait un peu plus loin, devant une boutique de chaussures. En les voyant arriver, elle fit comme s'il ne s'était rien passé et ne regarda même pas Louann.

– Qu'est-ce qu'on fait, maintenant, Ellen ? demanda Amy. Tu as quelque chose de particulier à acheter ?

Ellen haussa les épaules.

– On pourrait aller voir les pulls à la boutique de vêtements. Si tu crois que c'est possible.

Elle jeta un rapide coup d'œil du côté de Louann, qui, visiblement, avait une autre idée en tête :

– Je veux voir les marionnettes. On y retourne, Amy. J'aime trop les marionnettes !

– On va voir les habits, décréta Amy avec fermeté. Allez, viens, ajouta-t-elle, alors que Louann ouvrait la bouche, prête à crier. C'est par là, regarde… juste après le fleuriste.

Le seul mot de fleuriste eut un effet magique. Louann adorait les fleurs.

– Où ? fit-elle, lâchant aussitôt la main de sa sœur pour courir devant.

Amy la laissa partir. À quoi bon la retenir ? Il suffisait de ne pas la perdre de vue.

– Tu vas t'acheter un pull ? demanda-t-elle à Ellen. J'aimerais bien m'en acheter un, moi aussi.

– Un tee-shirt à manches longues, peut-être. J'en voudrais un rayé.

Elles marchaient sans se presser, tout en suivant des yeux l'anorak bleu.

– Je ne peux pas me l'acheter, mais si je trouve un modèle qui me plaît, reprit Ellen, que cette perspective réjouissait déjà, je pourrai en parler chez moi, l'air de rien. Mon anniversaire est dans deux semaines.

– Dans deux semaines ? Le mien, c'est vendredi… le 15 juin. Le dernier jour d'école.

– Moi, c'est le 22. On est presque jumelles.

– Et si on faisait une fête ? suggéra Amy. Un double anniversaire, ce serait marrant.

Elle attendit une réponse, mais Ellen semblait soudain porter toute son attention vers le magasin de fleurs, devant lequel Louann s'était arrêtée.

– Oh-oh, dit-elle. Ce type…

Amy suivit son regard. Un homme était sorti de la boutique et agitait un doigt menaçant sous le nez de Louann. La fillette recula, jetant autour d'elle des regards apeurés.

Amy se mit à courir. Cette fois, Ellen la suivit.

– … et ne t'avise pas de recommencer ! cria l'homme, tandis que les filles s'approchaient. Tu ne devrais pas te promener ainsi, toute seule.

Il s'interrompit quand Amy tendit la main vers sa sœur.

– Tu es avec elle ?

Amy hocha la tête. La main de Louann tremblait dans la sienne.

– Et c'est comme ça que tu la surveilles ? lança l'homme, furieux. Regarde ce qu'elle a fait !

Il désigna des pots de tulipes jaunes exposés sur une étagère basse, devant la vitrine. Une des tulipes était cassée.

– Voilà neuf dollars de perdus ! Je devrais demander à tes parents de me rembourser. On n'a pas idée de laisser sortir cette gosse sans quelqu'un de responsable pour s'en occuper.

Rouge de confusion, Amy tenta de s'expliquer.

– Je suis désolée, dit-elle tandis que Louann commençait à sangloter. On a des tulipes chez nous et elle a le droit de les cueillir. Elle a juste oublié... Enfin, elle sait qu'elle ne doit pas cueillir les fleurs des autres, mais elle les aime tellement...

– Ah oui ? Ça me fait une belle jambe ! En tout cas, il faudrait lui apprendre à bien se tenir quand elle est dans un lieu public.

Malgré son embarras, Amy enrageait intérieurement. Elle avait dix dollars dans son porte-monnaie, le reste de l'argent que sa grand-mère lui avait donné pour Noël. Ces dix dollars, elle pensait les utiliser après son anniversaire pour s'acheter un maillot de bain. Mais l'attitude de cet homme la révoltait, et, soudain, elle n'eut plus qu'une envie : lui faire regretter sa grossièreté.

– On a l'argent, déclara-t-elle.

En même temps, elle s'efforçait de calmer sa sœur.

– Louann, ne pleure plus, ça va s'arranger. Vous avez dit neuf dollars ? reprit-elle en s'adressant au fleuriste, et, cette fois, sans cacher son hostilité.

Le marchand, qui la fixait toujours d'un regard noir, s'aperçut alors que des gens s'étaient arrêtés pour écouter et commençaient à s'attendrir.

– Pauvre enfant, s'apitoya une femme. Elle a un gros chagrin. Regardez comme elle pleure. Elle ne pensait pas à mal, ça se voit.

Amy prit le billet de dix dollars dans son porte-monnaie et le tendit au marchand.

– Tenez.

Louann cessa de pleurer. Le silence se fit tout autour. Le fleuriste tendit le bras pour prendre le billet, puis, se ravisant, il se détourna, écœuré.

– Laisse tomber, répliqua-t-il sèchement. Mais empêche cette gamine de s'approcher de mon magasin.

Et il se retira dans sa boutique en grommelant.

L'animation reprit dans la galerie. Les curieux s'éloignèrent en secouant la tête, et les trois filles se retrouvèrent seules.

– Allons-nous-en, dit Amy. Quel sale type ! Si j'étais une tulipe, je me laisserais mourir rien que de le voir près de moi.

– Mourir ? s'étonna Louann, de nouveau au bord des larmes en regardant les belles tulipes jaunes. Les fleurs peuvent mourir ?

– Mais non ! Seulement si on les cueille !

– On ferait peut-être mieux de rentrer, dit Ellen. Je crois que je n'ai pas très envie de faire du shopping aujourd'hui.

– D'accord, répondit Amy, à contrecœur. Comme tu veux.

Elle imaginait déjà les commentaires d'Ellen à sa mère, une fois rentrée chez elle : « C'était affreux. Tout le monde nous regardait. Je ne retournerai plus jamais faire du shopping avec Amy Treloar. »

Dehors, le soleil était bas dans le ciel. Un léger vent agitait les bannières à l'entrée principale du centre commercial. Louann traînait quelques pas derrière Amy et Ellen.

– Les marionnettes..., murmura-t-elle tristement, tandis qu'elles traversaient le parking.

Amy fit mine de ne pas entendre. Elle attendait qu'Ellen dise quelque chose.

– Tu as été formidable, Amy. J'ai adoré quand tu as sorti l'argent. Il m'a fait une peur, ce type ! Quelle brute !

Amy se sentit soulagée. Ellen n'était peut-être pas si écœurée que ça, finalement.

– Moi aussi, j'ai eu peur, avoua-t-elle. Mais il m'a vraiment énervée ! Louann aussi m'énerve, mais je ne supporte pas qu'on l'insulte. Elle n'y peut rien si elle est comme elle est.

Amy avait beau se le répéter souvent, ce raisonnement ne lui avait pas été d'un grand secours, ces derniers temps. Elle ne parvenait à éprouver de la compassion pour sa sœur que si quelqu'un d'autre parlait à celle-ci avec brusquerie ou se moquait d'elle. Sinon elle gardait contre Louann un ressentiment difficile à contenir.

– Je suis désolée que Louann ait gâché notre après-midi, poursuivit Amy. Je ne voulais pas l'emmener avec nous, mais ma mère travaille, et il n'y a personne à la maison après l'école.

– Ce n'est pas facile pour toi. Je ne sais pas si je serais capable d'en faire autant.

– Tu le ferais si tu y étais forcée, déclara Amy avec aigreur. Pour le pique-nique, demain, ajouta-t-elle aussitôt pour changer de sujet, je passe te prendre à quelle heure ?

Elle insista très légèrement sur le « je », espérant ainsi faire comprendre à Ellen que Louann ne viendrait pas. Les deux filles avaient prévu de partir en balade ce samedi. Amy avait proposé les Rainbow Falls, au nord de la ville, et Ellen avait dit qu'elle aimerait bien les voir. Comme elles devaient s'y rendre à vélo, il était hors de question que Louann les accompagne. Malgré ses multiples tentatives, elle n'avait jamais réussi à se tenir sur une bicyclette.

– Oh ! je voulais te dire, je ne peux pas y aller demain, répondit Ellen.

Elle ne sembla pas remarquer le petit sursaut d'Amy et poursuivit :

– Mon oncle et ma tante viennent de Chicago pour la journée et ma mère veut que je reste à la maison. On les voit très rarement. Je suis désolée... On pourra peut-être faire ce pique-nique plus tard.

– Bien sûr.

L'image de la tulipe jaune pendant lamentablement par-dessus le bord du pot revint à l'esprit d'Amy. Elle se sentait comme elle. Brisée. Quelques minutes plus tôt, Ellen avait paru comprendre ce que c'était d'avoir une sœur comme Louann. Mais, en réalité, elle n'était pas différente des autres filles, toujours trop occupées pour faire des choses avec Amy quand elles découvraient que Louann risquait d'être là. Tout le monde était pareil.

Elles marchèrent en silence jusqu'au croisement où elles se séparaient.

– Je suis vraiment désolée pour demain, dit Ellen.

Au prix d'un gros effort, Amy parvint à lui répondre :

– Amuse-toi bien avec ton oncle et ta tante. À lundi.

– À lundi.

Tandis qu'Ellen se sauvait, Amy prit Louann par la main et attendit que le feu change de couleur. Sa sœur, le visage bouffi et encore marqué de traces de larmes, regardait la rue animée autour d'elle d'un air joyeux.

– Demain, on pourra aller revoir les marionnettes.

– Pas question !

Un coup de klaxon retentit au même moment. C'était leur mère qui rentrait du travail. Elle leur fit signe de la main et leur indiqua le coin d'en face. Amy entraîna Louann de l'autre côté de la rue et elles montèrent à l'avant de la voiture. Amy était serrée entre la portière et son encombrante petite sœur.

– Alors, as-tu trouvé le maillot que tu voulais ? demanda Mrs Treloar.

Puis, sans attendre la réponse :

– Qu'est-ce que tu as, Louann ? Tu as pleuré ?

Louann hocha la tête.

– Que s'est-il passé, Amy ? Quelqu'un lui a dit quelque chose de désagréable ?

– Le fleuriste du centre commercial. Elle a essayé de cueillir une tulipe dans un pot et il en a fait toute une histoire.

Louann s'essuyait les yeux avec les poings.

– Et où étais-tu quand c'est arrivé ? demanda Mrs Treloar, visiblement fatiguée. Tu ne devais pas la surveiller de près si elle a pu...

– Je ne peux pas avoir les yeux sur elle à chaque instant !

Le visage de sa mère se durcit.

– Ne sois pas insolente, Amy. Nous te faisons confiance. Louann te fait confiance. Elle a besoin de ta protection.

À ce moment-là, Amy sentit comme un volcan gronder en elle. Elle avait si souvent entendu ces mots-là ! Cette fois, c'en était trop. Sa colère explosa.

– Je ne veux pas qu'elle ait besoin de moi ! cria-t-elle. J'en ai marre de faire la baby-sitter, de perdre mes amies et de voir tout le monde nous regarder quand on passe. Je ne veux plus la protéger. Je ne l'emmènerai plus jamais nulle part !

Mrs Treloar écoutait, les mains crispées sur le volant.

– Je ne peux pas croire ce que je viens d'entendre, dit-elle. Comment peux-tu être aussi cruelle ? Aussi égoïste ! Tu as tout...

– Je n'ai rien, rugit Amy. Absolument rien. Tu veux que je la traîne partout derrière moi, toute ma vie ? Eh bien, ne compte pas sur moi !

Elle avait la main sur la poignée de la portière, prête à bondir dehors dès que la voiture serait garée. Il fallait qu'elle parte... loin de Louann, de sa mère et des paroles terribles qu'elle venait de s'entendre prononcer. Elle voulait courir. Courir sans s'arrêter.

– Tu peux être sûre que ton père sera informé de tout cela quand il rentrera, dit Mrs Treloar. Je lui rapporterai cette conversation mot pour mot. Il aura aussi honte de toi que moi.

Elle donna un grand coup de frein, à quelques centimètres de la porte du garage.

Amy sortit d'un bond, et Louann tenta de la suivre.

– Attends-moi ! cria-t-elle. Attends-moi !

– Louann, reste ici, ordonna Mrs Treloar. Viens avec moi, on va manger des biscuits. Laisse Amy partir. Elle se conduit très mal.

Les mains sur les oreilles, Amy s'enfuit en courant. « Des biscuits ! Laisse Amy partir ! » Ces mots résonnant dans sa tête, elle tourna au coin de la rue, et essaya d'ignorer les cris plaintifs derrière elle :

– Demain, Amy. Les marionnettes. N'oublie pas, Amy. Tu dois m'emmener !

2

Le panneau indiquait RAINBOW FALLS à cinq kilomètres. Partie en courant, Amy avait depuis longtemps ralenti son allure. Voyant le jour tomber et la ville s'éloigner derrière elle, elle hésita. Elle sentait ses yeux gonflés et sa gorge serrée, mais, surtout, elle était fatiguée. Une grande partie de sa colère avait disparu en chemin emportée par toutes les larmes qu'elle avait versées.

Devant elle scintillaient les lumières de maisons isolées, séparées les unes des autres par des zones d'ombre brumeuse. *C'est malheureux d'être ici, seule dans le froid et l'indifférence de tous, pendant que certains sont bien au chaud, entourés de leur famille.*

À vrai dire, cette soirée de juin n'était pas vraiment froide. Il faisait même plutôt doux. Et, si ses parents ne savaient pas où elle était – et ne s'en souciaient peut-être pas –, il y avait au moins quelqu'un, non loin de là, qui l'accueillerait sûrement avec plaisir. Sa tante Clare, la sœur de son père.

Elle habitait pour quelque temps la grande maison qui avait appartenu aux arrière-grands-parents d'Amy, et elle avait invité sa nièce à passer la voir quand elle voudrait. Jusqu'à présent, Amy ne l'avait pas fait. Elle se sentait intimidée par cette tante, partie vivre à Chicago bien avant sa naissance. Les deux soirées que tante Clare avait passées chez les Treloar depuis son retour à Claiborne avaient été pénibles. La mère d'Amy et elle semblaient n'avoir pas grand-chose à se dire.

Mais tante Clare m'aime bien, songea Amy. *D'après elle, on se ressemble beaucoup. Je resterai juste un petit moment puis je rentrerai à la maison.* Qui sait, peut-être même que sa tante la raccompagnerait en voiture.

Amy tourna au premier croisement, avant d'emprunter une étroite allée de gravier bordée de hautes herbes et de quelques chênes. Dans la lumière crépusculaire, le chemin lui parut plus long que lors des visites qu'elle avait faites avec son père en pleine journée. Elle hâta le pas, pressée d'atteindre le dernier virage juste avant le jardin. L'obscurité autour d'elle se remplissait du bruissement des petites bêtes dans les broussailles. Une légère angoisse saisit soudain Amy à l'idée que sa tante risquait d'être sortie en ville.

Enfin la maison apparut devant elle. Des lumières brillaient aux fenêtres à tous les étages. Même le grenier était éclairé. Jamais elle n'avait vu cette demeure aussi accueillante. Quand elle venait avec son père, avant le retour de tante Clare, ils restaient généralement à l'extérieur et faisaient juste le tour du bâtiment pour vérifier les portes et les fenêtres. Si, en de rares occasions, ils pénétraient à l'intérieur pour contrôler le chauffage et les conduites d'eau, ils n'y passaient que quelques minutes, marchant sur la pointe des pieds comme des voleurs, à travers des pièces remplies de meubles qui sentaient le vieux.

Amy gravit les larges marches du perron, s'approcha de la porte d'entrée et frappa. Le heurtoir, un aigle de fer forgé, produisit un son creux en retombant. Personne ne répondit. Amy frappa une deuxième fois, puis essaya la poignée. La porte n'était pas fermée à clé. Elle entra et s'arrêta dans le vestibule, hésitante. Un grand silence régnait dans la maison.

– Tante Clare ? risqua-t-elle.

Sa voix résonna bizarrement dans le silence.

– Il y a quelqu'un ?

Elle entendit un bruit de pas précipités au-dessus, puis :

– Qui... qui est là ?

La voix de sa tante semblait lointaine et un peu inquiète.

– C'est moi... Amy.

– Oh, Amy ! Dieu merci, ce n'est que toi. Je veux dire, je ne pouvais pas savoir... Monte vite.

L'escalier en colimaçon était situé dans une tour sur le côté du vestibule. Amy monta en courant au premier étage et parcourut du regard le large corridor. La porte du grenier, au fond, était ouverte.

– Viens, cria tante Clare. Je suis en haut, dans la caverne d'Ali Baba.

Amy longea le couloir et escalada les marches du grenier. Sa tante l'attendait en haut, vêtue d'un jean et d'une chemise rose nouée à la taille. Un foulard de la même couleur recouvrait ses cheveux grisonnants attachés dans le cou, et son visage fin affichait un sourire accueillant. Elle serra Amy dans ses bras.

– Ouf ! Tu n'imagines pas comme mon cœur s'est mis à battre ! C'est un vrai choc d'entendre une autre voix humaine dans ce vieux tombeau !

– Je suis désolée de t'avoir fait peur. La porte n'était pas fermée à clé...

– Et tant mieux. Mais je croyais qu'elle l'était. Je n'aurais jamais entendu le heurtoir, d'ici. Quelqu'un t'a accompagnée ? Tu n'es tout de même pas venue jusqu'ici toute seule, si ?

S'écartant de sa tante qui la dévisageait d'un œil incrédule, Amy hocha la tête et l'interrogea à son tour :

– Qu'est-ce que tu fais dans ce grenier ? Tu cherches quelque chose ?

– Des choses à jeter. Et il y en a, tu peux me croire ! Des tonnes ! Je serai obligée de louer un camion pour les emporter. Des vêtements troués, des chaises cassées, des miroirs fêlés...

Tandis qu'elle flânait à travers le grenier, Amy sentit le regard préoccupé qui la suivait.

– Un Coca, ça te dirait ? proposa sa tante. De toute façon, il faut que je sorte d'ici... Je crois que je suis allergique à toute cette poussière. Ou alors à ce travail, je ne sais pas.

Elle éternua, comme pour en donner la preuve.

À l'autre bout du grenier, Amy acquiesça.

– D'accord.

Mais elle ne bougea pas, car, juste en face d'elle, un mystérieux objet recouvert d'un drap venait d'attirer son attention. L'objet en question, qui montait en pointe dans un angle, était presque aussi grand qu'elle. Elle se pencha en avant et tira sur le drap, soulevant un nuage de poussière.

– Oh ! fit-elle, surprise. Tante Clare, regarde ! C'est la plus belle maison de poupées que j'aie jamais vue.

Elle s'agenouilla pour l'observer de plus près. Sa tante la rejoignit.

– C'est cette maison-ci ! s'exclama Amy. Regarde ! La tour de l'escalier, la porte d'entrée, le heurtoir en forme d'aigle... tout y est ! C'est incroyable.

Tante Clare passa le doigt sur un côté de la façade, et tout le devant de la maison s'ouvrit, découvrant des pièces pleines de meubles.

Amy adorait les meubles miniatures. Dans sa chambre, elle avait vidé certaines étagères de sa bibliothèque pour y mettre des modèles réduits de tables, de lampes, une mini-commode et même un mini-piano qu'elle avait achetés avec son argent ou qu'on lui avait donnés. Absorbée dans la contemplation de ces pièces remplies de détails exquis, elle en oublia tous ses malheurs de l'après-midi : Louann, Ellen, la scène avec sa mère.

– Il y a l'horloge de parquet, s'émerveilla-t-elle. Avec un bateau peint dessus, exactement comme celle du vestibule, en bas. Les tapis sont les mêmes. Et aussi le tableau au-dessus de la cheminée. Et regarde les minuscules chandeliers !

– Autrefois, il y en avait une paire identique sur la table de la salle à manger. Tous les détails sont exacts, dit tante Clare, d'un ton curieusement indifférent.

– D'où vient-elle, cette maison de poupées ? C'était la tienne quand tu étais petite ?

– Ce sont mes grands-parents Treloar – tes arrière-grands-parents – qui m'en ont fait cadeau pour mes quinze ans. Tu imagines ? Une maison de poupées pour une fille de quinze ans !

– Moi, ça me plairait beaucoup. J'aimerai les objets miniatures toute ma vie. Je pourrais passer des heures à la regarder.

Amy songea alors que, finalement, elle ne ressemblait peut-être pas tant que ça à sa tante.

– Mes grands-parents s'attendaient vraiment à me voir jouer avec, reprit tante Clare. Ce somptueux présent était une façon de me rappeler qu'ils voulaient chez eux une petite fille et pas une adolescente impatiente de devenir adulte.

Du bout des doigts, elle saisit un coussin de quelques centimètres carrés sur le canapé du petit salon, et ajouta d'une voix plus douce :

– Grand-mère avait fait beaucoup de meubles elle-même. C'était un merveilleux cadeau d'anniversaire, j'en suis consciente. Et j'étais une vilaine fille ingrate. Sais-tu que j'ai pleuré quand je l'ai vue ? J'espérais recevoir un tourne-disque.

Amy avait du mal à comprendre une telle déception devant un cadeau pareil.

– Où était ta chambre ? demanda-t-elle.

Sa tante désigna une pièce dans un angle.

– C'est la seule qui n'est pas reproduite dans ses moindres détails, dit-elle avec un petit sourire malicieux. J'avais des posters d'acteurs de cinéma sur tous les murs. Grand-mère n'aurait pas poussé son souci d'exactitude jusque-là. Elle l'a faite à l'image de ce que devait être, selon elle, une chambre de jeune fille.

Amy examina le lit à baldaquin, le couvre-lit à fleurs, les meubles peints en blanc et les rideaux à volants. C'était une vraie chambre de princesse. Comment pouvait-on ne pas l'aimer ?

– Toute cette histoire avait mal commencé, déclara tante Clare, comme si elle devinait les pensées d'Amy. Nous n'aurions jamais dû venir vivre ici. À la mort de nos parents, à une semaine d'intervalle environ – ils étaient en vacances en Amérique du Sud et ont attrapé une sale grippe –, j'avais quatorze ans et ton père juste un an. Un cousin qui avait déjà une famille nombreuse a proposé de nous prendre tous les deux, Paul et moi. Nous aurions dû aller habiter chez eux à ce moment-là. Mais nos grands-parents n'ont rien voulu savoir. Ils avaient beaucoup de place, tout l'argent nécessaire pour engager du personnel, et ils avaient besoin d'occupations. L'arthrite de grand-mère la faisait boiter et elle avait très peur de devenir invalide. Elle devait penser que notre présence les aiderait, mon grand-père et elle, à rester jeunes. Mais la charge s'est avérée beaucoup plus lourde que ce qu'elle avait imaginé. En particulier à cause de moi.

Tante Clare fit la grimace en évoquant ce souvenir.

– Notre première dispute a eu lieu dès le jour de notre arrivée. Elle m'avait acheté un placard entier de robes à volants pour aller à l'école. Alors que tout le monde portait des jupes plissées et des mocassins ! J'ai piqué une crise.

Soudain, tante Clare rabattit la façade de la maison de poupées et la referma d'un coup sec.

– Oh ! Et puis à quoi bon revenir sur le passé ? soupira-t-elle. Redescendons et allons boire quelque chose avant que ça devienne trop déprimant.

Elle se dirigea vers l'escalier d'un pas rapide.

– Tu viens ?

Amy se leva à contrecœur. Elle regrettait de quitter la maison de poupées, mais, maintenant qu'elle en connaissait l'existence, elle avait bien l'intention de revenir. Elle voulait examiner chaque pièce du mobilier, et en explorer tous les recoins. Après une journée qui ne lui avait apporté que des ennuis, cette découverte lui semblait un bon signe, comme si elle avait trouvé un trèfle à quatre feuilles.

3

En bas, dans la grande cuisine, tante Clare mit les verres sur la table et les remplit de glaçons et de thé froid.

– Je croyais avoir du Coca, mais je n'en ai pas, s'excusa-t-elle. Il me manque toujours quelque chose...

Elle s'interrompit un instant.

– À Chicago, reprit-elle, l'air nostalgique, il y avait une merveilleuse petite boutique au coin de la rue. J'y faisais mes courses pratiquement tous les soirs en rentrant du travail.

Elle prit une gorgée de thé, avant d'ajouter :

– C'était un quartier sympathique... Je l'adorais.

– Pourquoi es-tu partie ?

Amy pensait le savoir, mais elle posa quand même la question. C'était agréable d'avoir une conversation avec une grande personne qui la traitait comme une adulte.

– J'ai perdu mon travail. Pas de travail, pas d'argent pour payer le loyer ! Cette maison était vide depuis quatre ans, depuis la mort de mon grand-oncle James.

Un véritable ermite. Il vivait dans la cuisine et une seule chambre, et n'a jamais touché au reste de la maison. Il ne s'en occupait pas, mais nous étions contents qu'il y ait emménagé quand… quand le reste de la famille est parti, il y a trente ans. Après sa mort, Paul – ton père – me demandait toujours de revenir débarrasser la maison ; il ne savait pas quoi faire de tout ce qu'il y avait dedans. Il m'a semblé que le moment était venu de s'y attaquer.

Elle parcourut la cuisine du regard.

– Ce n'est pas la maison la plus chaleureuse, tu peux me croire. Mais ça ira pour un moment.

Elle secoua la tête.

– Bon, on a tous nos petits problèmes, pas vrai ? Et toi, Amy ? Si je peux me permettre… Ces beaux yeux bruns m'ont l'air un peu préoccupés actuellement.

Amy hésita. Elle n'avait pas prévu de raconter l'incident à l'origine de sa fugue.

– Tu vas me trouver minable.

– Ça m'étonnerait. J'ai moi-même fait assez de choses minables dans ma vie pour savoir ce qu'on ressent dans ces cas-là. Et je ne vois pas pourquoi je me permettrais de juger quiconque avec sévérité.

Alors, les deux mains crispées sur son verre, Amy ne se retint plus :

– C'est Louann. J'en ai vraiment assez de la surveiller, d'arranger les choses quand elle fait des bêtises… et de perdre des amies à cause d'elle ! C'est ce qui est arrivé cet après-midi. Je *sais* que ce n'est pas de sa faute si elle a des lésions au cerveau. Elle est comme une petite fille, et elle le restera toujours. Mais je suis fatiguée d'être toujours obligée d'y penser. Et ma mère dit que je suis vraiment horrible. Elle dit que j'ai de la chance d'être normale, et que je devrais cesser de me plaindre.

Tante Clare avait l'air pensive.

– Je ne suis pas étonnée par ce genre de réaction de sa part. Que dit ton père ?

Amy haussa les épaules.

– Rien, généralement.

Elle cherchait les mots appropriés pour décrire l'attitude de son père.

– Il veut seulement avoir la paix, j'imagine. Ma mère m'engueule, et papa dit : « Allez, je suis sûr qu'Amy ne pense pas vraiment ce qu'elle dit », et il change de sujet. Ou il dit : « Rappelons-nous que nous sommes une famille. » Ce n'est pas juste, parce que je suis la seule qui doive se le rappeler. Louann mène sa vie comme elle le veut, elle.

– La famille compte beaucoup pour ton père, murmura tante Clare. Il en a eu si peu.

– Il avait toi. Et vos grands-parents.

– Nos parents sont morts alors que Paul n'était qu'un bébé, et nous avons vécu avec nos grands-parents jusqu'à ce qu'il ait cinq ans et moi dix-huit. Puis nos grands-parents sont morts à leur tour – tués dans un accident – et le cousin qui avait proposé de nous adopter en premier lieu a pris Paul. Imagine ce pauvre gamin, il devait être complètement désorienté. D'autant plus qu'il m'a perdue aussi, car je suis partie à Chicago chercher du travail.

Amy essaya d'imaginer son grand bonhomme de père en petit garçon effrayé, mais n'y parvint pas.

– C'est ce que je ferai, embraya-t-elle. Dès que j'aurai dix-huit ans, je quitterai Claiborne. J'aurai un appartement à Chicago, des tas d'amis et un super boulot.

Sa tante sourit.

– Quel genre de boulot ? De nos jours, ce n'est pas aussi facile. Maintenant on te demande dans quelle université tu as étudié, ou dans quelle école de commerce tu as été formée.

– Alors j'irai à l'université. N'importe où, pourvu que ce soit loin d'ici.

Sa tante tendit le bras et lui tapota la main.

– Bon, je vois que tu en as vraiment assez de faire la nounou pour ta sœur, dit-elle, comme si une idée lui trottait dans la tête. J'ai une suggestion… une simple suggestion, que ton père et ta mère devront approuver. Mais Louann et toi devriez peut-être passer quelque temps l'une sans l'autre. Si tu voulais me tenir compagnie pendant une ou deux semaines, je serais ravie de te recevoir.

Cette proposition prit Amy totalement au dépourvu.

– Ma mère ne le permettra jamais, répondit-elle au bout d'un instant. Je dois m'occuper de Louann tous les jours jusqu'à ce qu'elle rentre de son travail. Et aussi quand ils sortent.

Il y avait une autre raison, mais elle n'osait pas l'avouer : à savoir que sa mère n'aimait pas particulièrement tante Clare.

Celle-ci semblait encore une fois avoir deviné ses pensées.

– J'en parlerai à ton père d'abord. Tu crois qu'il est chez toi à l'heure qu'il est ?

Amy regarda sa montre et parut un peu gênée. Non seulement son père devait être rentré, mais, à cette heure-là, ses parents s'inquiétaient probablement de son absence. Ils avaient beau prétendre, quand elle était fâchée, que ce qu'elle faisait leur était bien égal, elle savait que ce n'était pas vrai. Ils voulaient savoir où elle était après la tombée de la nuit.

– Il vaut mieux que je l'appelle tout de suite, marmonna Amy. Il est sûrement là, et il doit être furieux contre moi.

Sa tante l'arrêta d'un geste.

– Laisse-moi faire.

Elle se leva aussitôt et courut jusqu'au téléphone situé à l'autre bout du couloir, près du petit salon.

Amy attendit, un peu désemparée. L'éclairage cru de la cuisine en faisait ressortir le caractère vieillot. Elle remarqua en particulier les rideaux jaunis, le lino fané ; la vieille cuisinière à gaz avec le four en hauteur à côté et le réfrigérateur qui ronflait. L'évier, surmonté d'une étagère encombrée de matériel de nettoyage, était petit et pas tout à fait au même niveau que le reste. Quelle différence avec la cuisine moderne et fonctionnelle de sa mère !

Saisie d'un brusque accès de nostalgie, elle se demanda si elle pourrait réellement quitter sa famille, sa chambre, tout ce qu'elle connaissait, pour venir habiter dans cette vieille maison isolée ?

C'est triste, ici, se dit-elle, se rappelant l'expression de sa tante lorsqu'elle parlait du passé. *Je sens de la tristesse dans l'air.* Mais ensuite elle pensa au pique-nique qu'Ellen avait annulé après l'incident avec Louann au centre commercial. Elle songea aux jérémiades de sa sœur pour aller revoir les marionnettes et à la scène que lui ferait sa mère si elle refusait de l'emmener.

La voix dans l'entrée était chaude, douce, persuasive. Soudain, Amy se mit à prier pour que sa tante réussisse à obtenir l'accord de ses parents. Elle avait vraiment envie de venir ! Et, en plus des autres raisons, il y avait la maison de poupées au grenier. *Je l'époussetterai, j'astiquerai les meubles, et je lui redonnerai l'aspect du neuf*, se promit-elle. Elle repensait à l'horloge avec son balancier et ses poids dorés, quand sa tante revint à la cuisine.

– Bon, j'ai fait de mon mieux, annonça-t-elle d'une voix alerte. Ton père n'a pas voulu dire oui : je suppose que ta mère est très contrariée par ce qui s'est passé cet après-midi. Mais il n'a pas non plus dit non. Je crois qu'il aimerait que tu viennes, Amy, et je suis persuadée qu'il va voir ce qu'il peut faire. Bien sûr, il faudra qu'ils trouvent quelqu'un pour garder Louann après l'école pendant une ou deux semaines. Ça prendra un peu de temps. Quand tu leur en parleras, souviens-toi que tu es invitée parce que j'ai besoin de compagnie. Ne parle pas de Louann.

Là-dessus, tante Clare arracha Amy de sa chaise et la fit valser à travers la cuisine.

– On s'amuserait comme des folles, ma petite ! Ce serait super, non ?

– Oh, oui !

Projetée de l'autre côté de la pièce, Amy s'effondra dans un fauteuil à bascule. La tête lui tournait. Oui, c'était exactement ce qu'elle voulait : une occasion de s'éloigner de Louann quelque temps !

Mais elle ne croyait pas que cela se réaliserait. Sa mère ne donnerait jamais son accord.

4

– Je ne comprends pas pourquoi Clare se sent soudain si seule, dit Mrs Treloar pour la troisième fois. Elle parle toujours de l'importance d'être indépendante. Où est passée cette belle indépendance ? J'aimerais bien le savoir. Elle change d'idée comme de chemise.

Amy se concentra sur la dernière rondelle de banane dans son bol de céréales et ne dit rien. Elle avait entendu ses parents parler jusque tard dans la soirée. Peut-être avaient-ils discuté toute la nuit !

– On peut être indépendant et se sentir seul quand même, déclara Mr Treloar, d'un ton las et grognon. Cette maison est très isolée, tu sais. Et elle est pleine de souvenirs douloureux. Je peux comprendre que Clare ait envie de compagnie quelque temps.

Des souvenirs douloureux ? Amy se demanda à quoi il faisait allusion. Elle espérait que son père en dirait davantage, mais il poursuivit :

– Et, pour Amy, ce sera aussi un changement bénéfique.

– Un changement ? Pourquoi donc une fillette de douze ans aurait-elle besoin d'un changement ? Pour moi, Clare se mêle d'une histoire qui ne la regarde pas, juste parce qu'Amy s'est réfugiée là-bas sur un coup de tête. Maintenant Louann va se sentir abandonnée...

Mr Treloar semblait partagé.

– Je ne le crois pas. Pas si elle a des distractions de son côté.

Il sourit à Louann. La fillette n'avait pas prononcé un mot depuis qu'elle avait appris qu'Amy était invitée chez tante Clare.

– On va demander à Mrs Peck si tu peux rester avec elle après l'école, jusqu'à ce que maman rentre de son travail. Tu t'amuseras bien.

– Non, rétorqua Louann. Je veux aller chez tante Clare avec Amy. Je déteste Mrs Peck.

Mr Treloar se leva.

– Tu es déjà allée chez Mrs Peck, et tu n'as jamais dit que tu la détestais. Je vais l'appeler tout de suite.

Il regarda sa femme.

– À moins que tu veuilles le faire toi-même.

Mrs Treloar fit non de la tête.

– Mais, si Mrs Peck est d'accord, tu laisseras Amy aller chez Clare, n'est-ce pas ? insista-t-il. Seulement jusqu'à la fin de l'école.

Mrs Treloar regarda son mari puis Amy, qui retenait son souffle.

– Si c'est si important, je ne m'y opposerai pas, mais ce ne sera pas de gaîté de cœur. Et si ça ne marche pas...

Mr Treloar partit téléphoner. Amy jetait des coups d'œil gênés vers sa mère et vers Louann, qui roulait sa serviette en boule. La cuisine resta silencieuse jusqu'au retour de Mr Treloar.

– Tout est arrangé, annonça-t-il. Mrs Peck est ravie de s'occuper de Louann. Prépare tes affaires, Amy, et je t'emmènerai chez Clare quand tu seras prête.

Amy quitta la cuisine poursuivie par les lamentations de Louann :

– Je veux aller avec Amy ! Je veux y aller, maman ! Je veux y aller !

Arrivée en haut, Amy s'arrêta un instant dans le couloir et écouta les chuchotements apaisants de sa mère. Puis elle entra dans sa chambre et ferma la porte.

Son sac de voyage était au fond du placard. Elle le sortit et y entassa chaussures, jeans, chaussettes, sous-vêtements, pyjama, et, sur le dessus, une demi-douzaine de chemisiers et une jupe de coton. Pour finir, elle mit son sèche-cheveux, son shampoing et sa brosse à dents dans son sac à dos. Elle était prête. Elle voulait partir tout de suite, avant que la discussion ne recommence.

Le téléphone sonna, et Amy entendit les pas lourds de Louann qui courait répondre.

– Amy, TÉLÉPHONE !

Si seulement elle pouvait ne pas beugler comme ça ! Amy dévala l'escalier, en se demandant si tante Clare avait changé d'avis.

– Salut, c'est moi, Ellen.

Ellen ! Amy ne s'attendait pas à avoir de ses nouvelles.

– Ma mère emmène ma tante et mon oncle voir des amis cet après-midi. Je sais que ce sera trop tard pour un pique-nique, mais tu pourrais peut-être venir passer une heure ou deux chez moi. On pourrait faire des brownies. Enfin, si tu n'as pas autre chose à faire.

T'occuper de Louann, par exemple. Ellen ne l'avait pas dit, mais Amy savait ce qu'elle pensait.

– D'habitude, ma mère n'aime pas que je reçoive des amies quand elle est absente, poursuivit Ellen, mais pour *une* amie, elle est d'accord.

Elle se tut. Elle aurait pu le dire carrément : *sans ta sœur.*

Amy refoula sa rancune. Elle ne devait pas blâmer Ellen d'éprouver les mêmes sentiments qu'elle.

– Le problème est que je vais passer quelques jours chez ma tante, répondit-elle. C'est sur la route des Rainbow Falls, au nord de la ville. Je pars dans cinq minutes.

Une idée lui vint. Elle se dit que tante Clare serait sans doute contente de recevoir une deuxième invitée.

– Tu pourrais nous rejoindre à vélo, suggéra-t-elle. J'ai découvert un super truc dans le grenier hier soir... Il faut absolument que tu le voies !

Ellen accepta tout de suite.

– Tu veux dire que tu vas vivre avec ta tante ? Toi toute seule ?

– Juste pour quelques jours.

Les deux filles parlèrent encore quelques minutes et Ellen promit d'être chez tante Clare vers trois heures. Puis Amy raccrocha. Quand elle se retourna, elle sursauta : Louann était juste derrière elle. Pieds écartés, le visage rouge, elle avait l'air furieuse et blessée.

– C'est quoi, le super truc chez tante Clare, Amy ? demanda-t-elle. Hein, c'est quoi ?

– Rien du tout.

Amy contourna sa sœur et remonta l'escalier en vitesse. Elle ne voulait pas faire face à ce regard accusateur. Ni imaginer à quel point Louann aimerait la maison de poupées.

Elle la verra un jour, mais pas maintenant. Pour une fois, ce temps-là m'appartient.

Quelques minutes plus tard, alors qu'Amy allait fermer sa valise, Louann ouvrit la porte de la chambre et entra. Elle portait un vase qu'elle avait fait à l'école.

– Tiens, dit-elle. Pour ta chambre, là-bas.

Elle posa le vase sur le lit. C'était un bocal recouvert de peinture argentée, avec des images de roses collées dessus. Un de ses trésors les plus chers.

– Tu ne peux pas me donner ça, protesta Amy. Ça fait partie de ta coiffeuse.

– Prends-le, insista Louann.

Elle quitta la chambre d'un air digne, mais, en sortant, elle jeta un coup d'œil par-dessus son épaule.

– Rapporte-le quand tu reviendras.

– Oh, bien sûr, dit Amy. Merci beaucoup.

Elle enfonça le vase dans son sac, au milieu de ses vêtements pour empêcher qu'il se casse.

– Tu vas bien t'amuser chez Mrs Peck, lança-t-elle. Tu verras.

Il n'y eut d'autre réponse que le grincement des ressorts quand Louann se jeta sur son lit.

Amy ferma son fourre-tout, ramassa son sac à dos et descendit en hâte. Son père, qui tondait le gazon, s'interrompit.

– On peut y aller maintenant, papa ?

– Tout de suite ? D'accord, répondit-il en souriant. Mets ton vélo dans le coffre et on part. Tu as dit au revoir à ta mère ?

– J'y vais.

Elle sortit son vélo du garage, le mit dans la voiture, puis retourna dans la maison. Sa mère était assise à la table de la cuisine, occupée à lire un livre de cuisine italienne en buvant du café. Elle lisait toujours des livres de cuisine quand elle était contrariée.

Amy se pencha pour l'embrasser.

– Je t'appellerai plus tard. Papa m'emmène chez tante Clare maintenant.

Mrs Treloar hocha la tête.

– Je ne comprends toujours pas. Je ne vois pas pourquoi tu es si pressée de t'éloigner de nous. Nous avons eu un différend hier, mais...

Elle leva les yeux.

Amy se dirigea vers la porte.

– Ce n'est pas que je veux m'éloigner de vous.

Pas exactement, en tout cas.

– Nous t'aimons beaucoup, tu sais.

– Je sais.

– Louann aussi t'aime.

– Je sais…

Si sa mère prononçait un mot de plus, Amy allait crier, à coup sûr.

– J'appellerai demain, s'empressa-t-elle d'ajouter. Au revoir, maman.

Elle sortit en courant par la porte de derrière et dévala les marches, manquant de trébucher dans sa précipitation. Son père l'attendait dans la voiture. Elle se glissa à la place du passager avec un soupir de soulagement.

– Prête ? lui demanda son père, en enclenchant la marche arrière.

– Prête.

S'il voulait dire « Contente de partir ? », elle ne l'était pas vraiment. Mais s'il voulait dire «Tu veux toujours partir ? », alors oui, c'était tout à fait le cas.

5

– Voici ma chambre, annonça Amy.

Elle fit entrer Ellen dans la grande pièce d'angle que tante Clare avait préparée pour elle. Le parfum d'essence de citron et l'air frais de la campagne avaient presque fait disparaître l'odeur de moisi du tapis rouge foncé.

– Ma tante a dû jeter le couvre-lit, dit Amy. Il était plein de mites.

Poursuivant la visite, elle ouvrit les portes d'une gigantesque armoire dans un coin.

– Tu as vu cette armoire ? Pas mal, hein ?

– J'adore !

Ellen s'approcha d'une fenêtre et regarda dehors.

– Ça fait vraiment drôle de ne pas voir de voisins, dit-elle. Je n'avais jamais visité de maison de campagne avant.

Amy la rejoignit au moment où sa tante sortait par la porte de derrière et traversait le jardin avec un sac d'ordures. La poubelle près du garage était difficile à ouvrir et elles la regardèrent se battre avec le couvercle.

– Les couvercles doivent être bien fermés à cause des ratons laveurs, dit Amy, comme le lui avait expliqué sa tante au déjeuner. Ils viennent presque toutes les nuits pour essayer de s'attaquer aux ordures.

Ellen frissonna en imaginant la scène.

– Maintenant le grenier, dit Amy. J'ai gardé le meilleur pour la fin. Tu vas voir ce qu'il y a là-haut. Devine !

– Des chauves-souris et des araignées, suggéra Ellen. Pourquoi tu ne me le dis pas simplement ?

Mais, sans insister, elle suivit Amy, qui l'entraîna au bout du couloir et alluma la lumière du grenier. Elles montèrent l'escalier côte à côte. Les marches craquaient sous leurs pieds.

Arrivée en haut, Ellen s'arrêta et parcourut du regard le fouillis entassé devant des fenêtres poussiéreuses.

– On dirait un décor pour un film fantastique, remarqua-t-elle.

Mais Amy l'écoutait à peine. Tirant son amie par la main, elle traversa le grenier en courant.

– Regarde ! s'exclama-t-elle, montrant du doigt la maison de poupées dans le coin. Qu'est-ce que tu penses de ça ?

Ellen resta aussi éblouie que son amie l'avait été la veille.

– Oh, Amy ! fit-elle. Regarde... regarde la minuscule balustrade de la véranda, et les rideaux, et les petites demi-lunes au-dessus des fenêtres. Tout est parfait !

– C'est la réplique de cette maison, dit Amy. Regarde bien.

Elle fit glisser ses doigts sur le côté, jusqu'au taquet qui maintenait la façade en place. Il y eut un petit déclic et les trésors cachés à l'intérieur apparurent.

– Ouah !

D'abord, Ellen ne sut pas quoi regarder. Elle pointa le doigt sur l'orgue du petit salon, et puis sur l'armoire dans la chambre d'angle.

– Et les chaises de la salle à manger ! s'écria-t-elle. Chacune a sa propre tapisserie.

Avec son ongle, Amy ouvrit le buffet de la salle à manger, et les deux filles s'émerveillèrent à la vue des assiettes et des plats en argent minuscules empilés sur les étagères à l'intérieur.

– Regarde la théière !

– Et les pinces à sucre !

– Et cette salière et ce poivrier, Amy, c'est incroyable.

Pendant une demi-heure, les filles restèrent ainsi accroupies devant la maison. Finalement, Ellen se redressa en soupirant.

– Ta tante devait en être folle. Je me demande s'il y avait des poupées avec la maison quand elle l'a reçue. C'est la seule chose qui manque.

Amy regarda autour d'elle. Sur le plancher, à côté de la maison, elle aperçut une boîte en bois avec un paysage peint dessus. Elle souleva le couvercle. À l'intérieur étaient couchées quatre poupées dont la plus grande mesurait environ quinze centimètres. L'homme portait un costume noir ; il avait une moustache blanche et, sur le nez, de toutes petites lunettes sans monture. La femme était vêtue de soie bleue. Elle avait des cheveux gris coiffés en chignon sur le sommet de la tête. Les deux autres poupées étaient une jeune fille avec de longs cheveux bruns, en robe rose très pâle, et un tout petit garçon en costume de marin bleu.

– Les voilà, dit Amy. Ces deux-là doivent être mes arrière-grands-parents, et celle-ci, tante Clare quand elle avait quinze ans. Et voici mon père, ajouta-t-elle en prenant le petit garçon. Regarde, Ellen, les bras et les jambes sont articulés, et ce sont de vrais cheveux. Est-ce que tu as déjà vu des poupées aussi parfaites ?

– Jamais, soupira Ellen. C'est drôle, la poupée de ta tante te ressemble un peu, Amy.

Elles sortirent les poupées de leur boîte, une par une, et les installèrent sur les chaises de la salle à manger, en pliant leurs membres délicats pour qu'elles soient bien assises à table. Puis elles prirent des assiettes dans le buffet et mirent le couvert. Elles étaient si concentrées qu'elles n'entendirent pas Clare monter et s'approcher derrière elles.

– La fille devrait être en haut dans sa chambre, dit-elle.

Amy sursauta, et sa main heurta le grand-père, qui tomba de sa chaise.

– Autant que je m'en souvienne, elle était généralement expédiée dans sa chambre au milieu du dîner pour cause d'impertinence.

– Tous les soirs ? demanda Amy, étonnée.

Tante Clare haussa les épaules.

– Je ne pense pas que c'était vraiment tous les soirs. C'est juste l'impression que j'en garde. Allez, les filles, vous n'en avez pas assez de cette vieille chose, maintenant ? J'ai fait du caramel, ça intéresse quelqu'un ?

– Oui !

Amy remit le grand-père assis à table avec sa famille, et Ellen redressa les petits chandeliers.

– Je ne savais pas qu'il y avait des poupées qui allaient avec la maison, dit Amy. Grand-mère Treloar pensait à tout, hein ?

– Sans doute, répondit sa tante, déjà prête à descendre l'escalier. Vous venez ?

Amy remarqua que le ton de sa voix changeait quand sa tante parlait de la maison de poupées. On aurait dit qu'elle était fâchée, mais voulait le cacher. Mieux valait donc parler d'autre chose. Elle essaya en vain d'attirer l'attention d'Ellen, qui bavardait avec animation en suivant tante Clare dans l'escalier.

– J'aimerais bien que quelqu'un fasse une poupée qui me ressemble, dit-elle. Et une maison qui ressemble à la nôtre. Je la garderais pour toujours… et dans mon salon.

– Non, dit tante Clare. Si elle te rendait malheureuse, tu essaierais d'oublier son existence… Et, pour parler franchement, c'est ce que j'aimerais faire. S'il te plaît.

Son sourire dissimulait mal l'aigreur du propos.

– Alors, reprit elle, ça vous dirait des cookies avec le caramel ? J'ai fait un peu de pâtisserie ce matin, en l'honneur de mon invitée.

– On ferait bien de se laver les mains d'abord, dit Amy.

Elle entraîna Ellen à la salle de bain, pendant que sa tante regagnait le rez-de-chaussée.

– Qu'est-ce qu'elle a, ta tante ? demanda Ellen, quand la porte derrière elles fut fermée. On aurait dit qu'elle était en colère tout à coup.

– Je ne sais pas. Maman dit qu'elle a un caractère changeant, mais elle est vraiment gentille. Il y a juste quelque chose dans cette maison de poupées qui la rend nerveuse. Je n'en parlerai plus. Je te l'ai dit... D'après elle, c'était un cadeau de bébé pour une fille de quinze ans.

– Moi, je trouve au contraire que c'est un cadeau génial ! Comment peut-on penser...

Elle ne finit pas sa phrase.

Amy aurait voulu prendre la défense de sa tante, mais, secrètement, elle était d'accord avec Ellen. Après tant d'années, tante Clare aurait pu pardonner à ses grands-parents de lui avoir donné une maison de poupées au lieu d'un tourne-disque.

– Je dois retourner dans le grenier, dit soudain Amy. J'ai laissé la maison ouverte.

– Quelle importance ? répondit Ellen, qui se regardait dans la glace en tirant ses cheveux en arrière, comme ceux de la poupée de Clare.

– Le mobilier prendra la poussière. Tous ces tapis, ces petits coussins et ces rideaux de dentelle.

Amy se lava les mains, et se les sécha.

– Descends. J'arrive dans une minute.

Elle sourit devant l'air peu convaincu d'Ellen.

– Tante Clare ne te mordra pas, ajouta-t-elle. Elle est super. Il ne faut pas lui parler de la maison de poupées, c'est tout. Et attendez-moi pour manger le caramel !

Sans laisser à Ellen le temps de réagir, Amy quitta la salle de bain et retourna vers l'escalier du grenier. Elle appuya sur l'interrupteur pour allumer l'ampoule suspendue au plafond. En montant, elle s'aperçut qu'elle marchait sur la pointe des pieds. Le silence était différent quand elle était seule.

Au-delà du cercle de lumière, les meubles, les cartons et les malles formaient des ombres menaçantes. Un léger bruit du côté de la maison de poupées, comme le trottinement d'une souris, la fit sursauter. Ellen et tante Clare semblaient très loin.

Que tu es bête ! se dit-elle. *Tu n'as qu'à fermer la maison et redescendre*. Mais il fallait d'abord traverser le grenier. Le bruit se fit entendre de nouveau… un étrange petit grattement.

En serrant les dents, Amy s'enfonça dans la pénombre pour contourner la maison de poupées. Malgré la chaleur de cette journée, le coin lui parut froid. Elle s'agenouilla devant la maison et repoussa la façade. Avant de la refermer, elle jeta un dernier regard à l'intérieur des pièces sombres, puis se releva d'un bond et ressortit du grenier en courant.

– Amy ! Ta tante nous appelle...

Ellen l'attendait au pied de l'escalier. Elle recula, surprise, en voyant Amy surgir si précipitamment.

– Eh ! Que se passe-t-il ?

– Rien. C'est juste que ça fait peur, là-haut, quand on est seule. Allez, viens, on descend.

Elle ne voulait plus penser au grenier. Ni parler de la maison de poupées. Sinon, il lui faudrait essayer de comprendre comment une des poupées – la grand-mère – pouvait se trouver dans le petit salon, alors qu'Amy était presque sûre qu'elles avaient laissé toute la famille assise autour de la table de la salle à manger.

Les poupées ne se déplacent pas toutes seules, songea-t-elle, et elle sentit la chair de poule se former sur ses bras.

6

– Il faudrait que je rentre, annonça Ellen. J'ai dit à ma mère que je serais de retour à sept heures.

Mais elle ne bougea pas. Elles étaient assises sur les marches du perron depuis presque une heure. Leur goûter, commencé avec des biscuits et du caramel, s'était prolongé avec des sandwichs et du lait, tandis que la nuit tombait autour d'elles. Depuis vingt minutes, elles observaient des lapins, deux petites formes sombres avec des oreilles pointues, qui fouillaient le sol en quête de leur dîner.

– Nous te ramènerons quand tu seras prête, dit tante Clare. Rien ne presse.

– C'est tellement calme, ici, répondit Ellen, d'un ton rêveur. J'adorerais vivre à la campagne… même si ça fait un peu peur.

Aussitôt, Amy repensa à la grand-mère debout dans le petit salon de la maison de poupées. Que dirait Ellen si elle savait ? Elle chassa l'image de son esprit.

– Moi aussi, j'aime la campagne, dit-elle. Regarde ! Tu as vu cet oiseau traverser le jardin ?

– Cet oiseau était une chauve-souris, rectifia tante Clare.

Elle rit en voyant les deux filles baisser la tête.

– Tu as raison, Ellen, poursuivit-elle. C'est très calme. Mais il y a beaucoup de travail dans une grande et vieille maison comme celle-ci. Elle est encombrée d'objets de toutes sortes… et j'ai promis au père d'Amy qu'ils auraient disparu avant que je retourne chez moi.

– Pourquoi tu ne cherches pas un travail à Claiborne ? demanda Amy. Comme ça tu pourrais vivre ici tout le temps.

Elle s'imaginait déjà allant voir sa tante chaque fois qu'elle en aurait envie.

Chez moi, c'est Chicago, répondit tante Clare d'une voix chaleureuse et détendue, bien différente de celle qu'elle avait en parlant de la maison de poupées. Quand j'aurai fini tout ce boulot, une fois la maison vidée et vendue, je serai de nouveau prête à affronter Chicago. Du moins, je l'espère. Mais pour l'instant je suis contente d'être ici.

On aurait dit qu'elle pensait tout haut.

Bang ! La chute d'un objet métallique ébranla le silence nocturne. Les deux lapins s'enfuirent dans les buissons en bordure de la pelouse. Amy sentit ses poils se hérisser sur sa nuque.

Sa tante se leva d'un bond.

– Maudits ratons laveurs ! Maintenant, ils n'attendent même pas qu'on soit couché ! Restez ici, les filles. Je vais chercher une torche. Pour une fois, c'est peut-être nous qui allons leur faire peur.

Elle traversa le perron sur la pointe des pieds, puis revint quelques secondes après munie d'une énorme torche.

– Venez. Et pas de bruit, surtout ! Ces voyous sont sans doute si occupés qu'ils ne nous entendront pas venir si on fait attention.

Étouffant de petits rires nerveux, Amy et Ellen lui emboîtèrent le pas. À la queue leu leu et en rasant les murs, elles contournèrent la maison sur la pointe des pieds. L'obscurité était complète sauf devant les fenêtres du petit salon.

– Restez bien près de moi, chuchota tante Clare. J'attends le dernier moment pour utiliser la torche.

– Et si ce n'était pas un raton laveur ? murmura Ellen. Si c'était un voleur qui essaie d'entrer dans la maison ?

Tante Clare ne répondit pas. Un peu plus loin, on entendit comme une bagarre et un bruit métallique. Amy tendit la main derrière elle et rencontra celle d'Ellen.

– T'inquiète pas, lui souffla-t-elle.

– Ah ! les gredins ! s'écria tante Clare en allumant la torche.

Un gros raton laveur, assis sur le sol, maintenait une des poubelles entre ses deux pattes de devant, tandis qu'un autre plus petit, sur le dessus de la poubelle, tentait d'en ouvrir le couvercle. La poubelle d'à côté était renversée, le couvercle encore fermé.

Pendant une seconde, les deux voleurs les fixèrent de leurs yeux brillants et effarés, à travers leur masque de fourrure. Le plus gros se redressa et disparut dans l'obscurité derrière le garage. Le plus petit bascula en même temps que la poubelle et déguerpit à son tour en poussant un cri indigné.

Tante Clare rit avec jubilation.

– On leur a rendu la monnaie de leur pièce ! Avec un peu de chance, ils nous ficheront la paix pendant quelques nuits... quoique j'en doute.

Elle dirigea le faisceau de la torche sur les filles et sourit en voyant leur tête.

– Alors, Ellen, ça te plaît toujours, la vie à la campagne ?

– Oui, beaucoup, répondit Ellen sans hésiter. C'est juste que je ne peux pas m'empêcher de trembler.

– Et toi, Amy ?

– Ma mère aurait appelé la police si elle avait entendu un bruit comme ça, la nuit. Elle ne serait jamais sortie toute seule. Moi non plus, je pense... mais c'était marrant !

– Ta mère et moi réagissons différemment à beaucoup de choses, dit tante Clare en retournant vers la maison. Quand on a vécu seule, on s'habitue à résoudre les problèmes soi-même. On ne peut pas toujours attendre d'avoir de l'aide.

Après avoir ramené en voiture Ellen et son vélo, tante Clare revint sur le sujet :

– J'espère que tu ne crois pas que je critiquais ta mère, Amy. Je suis trop directe, je le sais. En fait, il ne m'est jamais venu à l'idée d'avoir peur. Ce soir, je voulais vous faire voir des ratons laveurs... Si j'avais pensé que c'était un voleur, je ne vous aurais pas laissées venir avec moi.

– Je n'ai pas cru que tu critiquais maman. Je sais que parfois elle se fait trop de souci pour rien. Elle ne peut pas s'en empêcher. Moi, j'aime bien résoudre les problèmes moi-même. J'aime être indépendante.

Amy se rappelait comme elle s'était sentie audacieuse alors qu'elle marchait dans le noir vers l'inconnu.

Plus tard dans la soirée, tout en rinçant les assiettes du dîner et en essuyant la toile cirée, sa tante reprit la conversation :

– Ta sœur aussi doit apprendre à être indépendante, à se débrouiller seule.

– Oh non ! fit Amy, choquée. Louann est comme un petit enfant. Elle sera toujours ainsi. Le docteur l'a dit.

– Je sais.

Tante Clare rinça la lavette, la mit à sécher sur un robinet, et poursuivit :

– Mais les petits enfants aussi peuvent apprendre à se servir eux-mêmes, et ils n'en sont que plus heureux.

Elle se tourna vers Amy et lui sourit :

– Ça m'a vraiment fait plaisir de vous avoir, Ellen et toi. Avec vous, j'ai eu l'impression d'avoir douze ans à nouveau. À propos, ce n'est pas ton anniversaire, bientôt ?

– Si, vendredi prochain. Et celui d'Ellen une semaine plus tard.

Tante Clare claqua des mains.

– Et si on faisait une fête ? Un anniversaire pour toutes les deux. Une pizza party, par exemple ! Ellen et toi pourriez inviter des amies.

Amy n'en croyait pas ses oreilles. Un double anniversaire... exactement ce qu'elle avait proposé à Ellen, la veille.

– On fera les pizzas nous-mêmes, enchaîna tante Clare. Je suis une championne de la pizza.

Et, serrant Amy dans ses bras, elle ajouta :

– Je veux que tu te souviennes de cette visite.

Ce soir-là, recroquevillée dans son haut lit plein de bosses, Amy se demanda si tous les jours avec sa tante seraient aussi excitants. La veille, elle ne pensait qu'à ses malheurs. À présent, toutes sortes de nouvelles choses occupaient son esprit : son amitié avec Ellen, leur anniversaire, tante Clare elle-même, sage, courageuse et surprenante. Et la maison de poupées.

Ses yeux se fermèrent, et aussitôt, dans le noir, derrière ses paupières, la maison de poupées apparut, aussi nettement que si elle avait été dans la chambre. *Elle attend*, songea Amy, à moitié endormie. Mais quoi donc ? Elle sombra dans un sommeil agité.

7

La plupart du temps, Amy appréciait ce séjour loin de ses obligations familiales. Personne ne lui demandait de jouer à des jeux de bébé. Personne n'insistait pour l'accompagner chaque fois qu'elle sortait. Personne ne restait là, à écouter, questionner, interrompre quand Ellen venait après l'école. Personne n'allumait la télévision avec le son au maximum avant de quitter aussitôt la pièce, ni ne se plaignait si elle restait à bouquiner dans un coin pendant des heures.

Ce qui lui plaisait surtout, c'était d'organiser la fête pour son anniversaire et celui d'Ellen.

– Nous avons invité quatre filles, annonça-t-elle à sa tante le mardi soir, au dîner. Il y en avait quelques autres qu'on voulait inviter, mais elles ne sont pas libres.

– Quatre, c'est bien.

Tante Clare versa de la sauce sur ses spaghettis et lui passa une corbeille remplie de pain à l'ail, avant d'ajouter :

– Je ferai les courses jeudi. J'achèterai de la saucisse italienne, des poivrons, de la mozzarella et des champignons…

– Super ! J'ai appelé maman et je lui ai parlé de l'anniversaire. J'ai dit que ce serait juste avec quelques copines de la classe. Elle fera un gâteau.

Amy jugea inutile de préciser que sa mère avait accueilli la nouvelle plutôt froidement : « Je ferai cuire le gâteau quand Louann sera couchée, avait-elle dit. Ça lui ferait de la peine si elle savait. »

Enroulant de longs spaghettis autour de sa fourchette, Amy poursuivit :

– C'est vraiment gentil de nous organiser cette fête. Ellen pense comme moi.

Tante Clare sourit, et les rides de fatigue qu'elle avait autour des yeux disparurent.

– Penses-tu ! répondit-elle. Vous me faites une faveur. Quand j'ai dit à ton père que j'avais besoin de compagnie pendant quelque temps, c'était la vérité.

– Tu n'as jamais eu envie de te marier et d'avoir des enfants ?

Amy regretta aussitôt d'avoir posé cette question. Les rides de fatigue réapparurent sur le visage de sa tante, et, l'espace d'une seconde, elle parut plus âgée.

– La plupart des femmes ont ce désir à un moment ou à un autre, répondit-elle d'un ton brusque. Y compris moi. Mais quand mes grands-parents ont été… quand ils sont morts, j'ai commencé à travailler. Je n'avais pas tellement le choix. Si j'avais rencontré la bonne personne, peut-être que je me serais mariée, que j'aurais eu à la fois une famille et une carrière. Mais ça n'est pas arrivé.

Amy préféra changer de sujet.

– Grand-mère et grand-père sont morts dans un accident de voiture ?

Mais, là encore, c'était la mauvaise question.

– Tout ça c'est du passé, Amy, dit tante Clare, fixant le reste des spaghettis dans son assiette comme si elle ne se souvenait pas de ce que c'était. De toute évidence, ton père ne t'a pas parlé de tes grands-parents, et, franchement, je n'ai pas envie de le faire. Je préférerais oublier tous ces évènements. Tu as eu assez à manger ? demanda-t-elle en posant sa serviette froissée à côté de son assiette. Je crois que je vais juste rincer la vaisselle et me coucher de bonne heure, si ça ne t'ennuie pas. J'ai fait du ménage et des rangements toute la journée... je n'en peux plus.

Amy bondit de sa chaise.

– Je vais faire la vaisselle, va te coucher.

Le reste de la soirée, pendant qu'elle faisait la vaisselle, ses devoirs, ou regardait une série à la télévision, elle revit le visage de sa tante, son air soudain tendu et malheureux. Pourquoi tante Clare refusait-elle de parler de la mort de ses grands-parents Treloar ?

Amy décida que, d'une façon ou d'une autre, elle le découvrirait.

*

* *

– Demande à tes parents, lui conseilla Ellen, le lendemain après-midi en sortant du collège, tandis qu'elles poussaient leurs vélos dans la côte. Ils doivent le savoir.

– Bien sûr qu'ils doivent le savoir. Mais ils ne me le diront pas. Chaque fois que j'ai parlé de mes arrière-grands-parents, ils ont toujours changé de sujet. Il leur est sûrement arrivé un malheur. Tu aurais dû voir la tête de tante Clare quand je lui ai posé la question.

– Quand même, si tu demandais à ton père...

Amy secoua la tête.

– Je vais jouer les détectives et faire ma propre enquête. Je connais l'année de leur mort : 1952. Je vais parcourir les avis de décès du *Claiborne News* pour cette année-là et voir ce que je peux apprendre. Si c'était un accident sortant de l'ordinaire, il y aura peut-être un article à ce sujet. Tu veux m'aider ?

Ellen fit la grimace.

– Ça prendra des heures, Amy. Parcourir des piles de vieux journaux. Lire toutes les nécrologies... Berk !

Amy devait admettre qu'elle n'avait pas tort.

– Viens avec moi à la bibliothèque, juste pour une fois, suggéra-t-elle. Juste aujourd'hui. On y passera une heure... et, si on ne trouve rien, je chercherai toute seule un autre jour.

– Bon, d'accord, concéda Ellen.

Les deux filles laissèrent leurs vélos devant la bibliothèque et, traversant la salle de lecture, se dirigèrent vers l'accueil. Amy expliqua qu'elle voulait consulter les numéros du *Claiborne News* de 1952.

– Les films, vous voulez dire.

Pour Miss Tatlock, la bibliothécaire adjointe, cela semblait être une question de routine.

– Vous avez déjà utilisé une visionneuse ?

– Non, répondit Amy.

Elle jeta vers son amie un regard inquiet. Dans quoi s'étaient-elles fourrées ? Elle pensait s'asseoir simplement avec une pile de journaux et les feuilleter l'un après l'autre.

– Bon, alors suivez-moi. Je vais vous montrer. Par ici… Le matériel audiovisuel est dans la pièce du fond.

Elles contournèrent les rayons des ouvrages de référence, et Amy se trouva bientôt assise devant un écran aussi grand qu'une petite télévision. Ellen s'assit à côté d'elle, et tira sa chaise le plus près possible.

Miss Tatlock se dirigea vers un classeur et en retira quatre petites boîtes de carton. Elle en ouvrit une, d'où elle sortit une bobine de film.

– Voilà, dit-elle. Vous avez là-dessus tous les numéros du *Claiborne News* du mois de janvier 1952. Vous mettez le film dans la machine, comme ceci. Vous le faites avancer rapidement avec ce bouton ou le rembobinez avec celui-ci. Servez-vous du bouton sur le côté pour avancer page par page. Que cherchez-vous exactement ?

Amy avala sa salive.

– Les nécrologies.

Miss Tatlock la regarda d'un air surpris.

– Elles sont à l'avant-dernière page du journal maintenant, et je pense qu'elles étaient déjà là il y a trente ans. Voyons ça.

Elle tourna le bouton sur le côté de la visionneuse cinq fois de suite, et des pages entières du journal défilèrent sur l'écran.

– Voilà, dit-elle. Exactement ce que je pensais. Très peu de changements, dans ce journal, si ce n'est les titres. À présent, parcourez la page, et tournez jusqu'à ce que vous ayez trouvé ce que vous cherchez. Si ce n'est pas dans les quatre premières boîtes – elle s'interrompit un instant, mais Amy ne quitta pas l'écran des yeux – appelez-moi et je vous donnerai les films pour le reste de l'année.

– D'accord, dit Amy. Merci beaucoup.

Elle attendit que Miss Tatlock ait regagné son bureau, puis se mit à tourner le bouton à toute allure, faisant défiler les pages du 2 janvier jusqu'à ce qu'elle retombe sur les petits caractères des notices nécrologiques. Il n'y avait aucune mention des Treloar.

– Ça ne va pas prendre beaucoup de temps, dit Amy.

Elle fit passer rapidement tout le mois de janvier sans s'y arrêter, retira le film et parcourut successivement les numéros de février et mars.

– Hé, retourne à la première page, dit Ellen, au milieu d'avril. Regarde le titre : « Une crue subite balaie une fête d'anniversaire ». Voyons ça.

Il était question d'une crue d'un mètre cinquante dans la partie ouest de Claiborne. C'était arrivé si vite que les gens avaient tout juste eu le temps de s'enfuir. Les invités de Marilyn Thompson, venus fêter ses dix ans, avaient dû se sauver à toute vitesse, et ses cadeaux avaient été emportés ou détruits avant même qu'elle ait pu ouvrir les paquets.

– Pauvre gamine, dit Ellen. Ça doit… ça a dû être affreux pour elle.

– Elle doit avoir quarante ans, aujourd'hui, fit remarquer Amy.

C'était une étrange pensée… comme si elles avaient jeté un coup d'œil dans un monde qui n'existait plus.

– Ça donne la chair de poule, dit Ellen. Reste là, je vais demander à la bibliothécaire le reste de 1952. Tu peux continuer à regarder.

Elle commençait à se diriger vers les rayons des ouvrages de référence quand elle entendit Amy étouffer un cri.

– Qu'y a-t-il ? Tu as trouvé quelque chose ?

Amy hocha la tête. D'un doigt tremblant, elle montra l'écran.

– Un autre article en première page, dit-elle d'une voix pâteuse. Oh, Ellen, regarde !

Ellen revint en courant, se pencha par-dessus l'épaule d'Amy et lut, les yeux écarquillés :

– « Un couple assassiné à son domicile. Leur petit-fils trouvé caché, endormi dans un placard. »

Elle s'interrompit et regarda Amy.

– Ce sont tes arrière-grands-parents ? Ils ont été *assassinés* ?

– Et c'est mon père, dit Amy d'une voix tremblante. Pas étonnant qu'il ne parle jamais de la façon dont ils sont morts. C'était lui, le petit garçon de cinq ans caché dans le placard.

8

L'article évoquait l'horrible histoire en quelques lignes. Clare avait découvert le corps de sa grand-mère, Margaret Treloar, dans le petit salon, au retour d'une séance de cinéma avec des amis. La police, appelée aussitôt, avait découvert James Treloar tué d'une balle, sur son lit, dans la chambre du couple. On avait d'abord cru que Paul, le petit-fils des Treloar, avait été kidnappé, mais en fouillant la maison la police l'avait trouvé endormi, recroquevillé dans un placard à bois près de la cheminée du petit salon. Il n'y avait pas de suspects.

– Quelle horreur pour tante Clare ! s'exclama Amy. Imagine ce que ça doit être, Ellen, de rentrer à la maison et de les trouver comme ça…

Abasourdie, elle passa au journal du lendemain. Il y avait des interviews du commissaire de police, de la femme de ménage qui venait trois fois par semaine aider les Treloar, et de l'homme à tout faire qui s'occupait du jardin et de certaines tâches ménagères. Le commissaire de police disait que la recherche d'indices continuait. La maison des Treloar était sous surveillance, et les petits-enfants habitaient chez des parents pendant les préparatifs de l'enterrement.

Le meurtre occupait toujours la première page le troisième jour.

– « La petite-fille des victimes en état de choc », lut Amy. Écoute ça, Ellen : « Clare Treloar, dix-huit ans, a été prise en charge par un médecin après avoir appris hier soir que son petit ami Thomas Keaton s'est tué en voiture, sur l'autoroute 131, la nuit du meurtre de ses grands-parents. Keaton, qui était arrivé à Claiborne il y a un an, a été identifié par un ami. Sa voiture roulait vers le nord à grande vitesse lorsqu'il a quitté la route et heurté un arbre. L'accident a été découvert par des passants en début de matinée. »

– C'est affreux, murmura Ellen. Son ami et ses grands-parents tués dans la même nuit !

Amy en avait les larmes aux yeux.

– Et devine qui continue à poser des questions stupides sur le sujet… moi ! Oh, Ellen ! Je lui ai même demandé pourquoi elle ne s'était pas mariée et n'avait pas eu d'enfants. Comment ai-je pu être aussi bête ?

– Tu ne savais rien de tout ça. Mais quand même, tu te rends compte ? Pendant toutes ces années, elle est restée fidèle à son amour perdu. Elle doit s'endormir chaque soir en pleurant.

Amy essaya d'imaginer sa tante, si vive et joyeuse à certains moments, si susceptible et lointaine juste après, pleurant dans son oreiller.

– Peut-être, dit-elle. Au moins, ça explique pourquoi les poupées et la maison la mettent dans tous ses états. Elles lui rappellent de terribles souvenirs.

– Zut ! s'écria Ellen en regardant sa montre. Il faut que je rentre tout de suite. On dîne tôt le mercredi. C'est le jour où mon père va au bowling. Ça m'embête de partir. Tu vas continuer à lire les journaux ?

Amy hocha la tête.

– Je veux savoir si on a arrêté le meurtrier. La police a peut-être trouvé des indices au cours des jours suivants.

Elle accompagna Ellen jusqu'à l'accueil et demanda les journaux de mai et juin 1952.

– Je t'appellerai ce soir et je te dirai ce que j'ai découvert, promit-elle.

– Ta tante ne va pas se demander où tu es ?

– Tant que je suis de retour avant la nuit, elle ne s'inquiète pas. Je peux rester encore un quart d'heure.

Amy dit au revoir à Ellen d'un petit signe de la main et suivit Miss Tatlock. La bibliothécaire ramassa les quatre premières bobines.

– Tu ne trouves pas ce que tu cherches ? Je peux te donner toute l'année si tu veux.

Pour Amy, ce n'était pas nécessaire. Si elle ne trouvait pas la suite de l'histoire du meurtre de ses arrière-grands-parents dans les numéros de mai et juin, il lui faudrait revenir un autre jour. Elle parcourut les films en vitesse, mais, à part quelques brefs articles regrettant que la police n'ait pas pu résoudre l'affaire, il n'y avait plus d'informations jusqu'à la dernière semaine de juin. Là, on apprenait que Clare Treloar déménageait à Chicago et que son petit frère, Paul, allait vivre chez des cousins.

Sur le chemin du retour, tout en pédalant le long des rues tranquilles et des routes de campagne, Amy songea à ce qu'avait vécu sa tante. Comme elle avait dû se sentir seule durant les premiers mois à Chicago ! Cette pensée la ramena à sa propre famille. La maison lui manquait soudain, et pourtant elle ne l'avait quittée que quelques jours plus tôt.

En arrivant, elle trouva sa tante dans la cuisine, en train d'arroser d'une sauce parfumée des morceaux de poulet dorés.

– J'espère que tu as très faim, dit tante Clare d'une voix joyeuse. C'est ma recette préférée, mais je ne la ferais pas pour moi toute seule. C'est trop de travail.

– Je serais prête à manger le plat en entier, répondit Amy.

Pendant tout ce délicieux repas, tante Clare parla de ses plans pour la maison. Ce jour-là, elle avait pris rendez-vous avec un expert pour qu'il vienne voir le mobilier. Une fois son évaluation achevée, elle fixerait un jour pour une vente aux enchères.

– Je mettrai de côté ce que je veux garder, et ton père et ta mère pourront prendre ce dont ils ont envie. Nous nous débarrasserons du reste à la vente. Quel soulagement ce sera !

Elle sourit à Amy.

– Tout ça te paraît sans doute très ennuyeux. Mais je me sentirai comme une nouvelle femme quand cette maison sera vendue. En attendant, je suis contente qu'on fasse une fête avant de dire adieu à cette vieille demeure.

– Demain, après l'école, j'irai à la maison chercher des cassettes et mon lecteur de cassettes, dit Amy.

– Oh ! j'oubliais…, s'exclama tante Clare. Louann a téléphoné et elle a demandé que tu la rappelles dès ton retour. Elle voulait te parler.

– Il y a quelque chose qui ne va pas ? s'inquiéta Amy, se sentant de nouveau coupable.

– Je ne crois pas. Enfin, c'est difficile à dire. Elle donne toujours l'impression d'être un peu… comme qui dirait… bourrue.

– Elle ne le fait pas exprès. C'est juste que, quand elle a une idée en tête, elle ne pense à rien d'autre.

Tante Clare sourit.

– Tu es une sœur compréhensive.

– Non, pas du tout, dit Amy en rougissant. (Sa tante était-elle sarcastique ?) Il vaut mieux que je la rappelle tout de suite, marmonna-t-elle.

Et elle courut vers le téléphone.

Louann devait attendre son appel. Sa voix grave résonna dans l'écouteur immédiatement après la première sonnerie :

– Allô !

Une fois certaine d'avoir sa sœur à l'autre bout du fil, elle enchaîna :

– Je sais faire du tissage. J'ai fait un cache-pot.

– C'est super, Louann. Tu as appris à l'école ?

– Non, c'est Mrs Peck qui m'a appris. À moi et à Marisa. Elle est géniale, Mrs Peck.

Marisa était la petite-fille de Mrs Peck. Elle avait un an de plus que Louann. À la Stadler School, elles étaient dans la même classe.

– Mon cache-pot est plus joli que celui de Marisa, poursuivit Louann. Je t'en ferai un si tu veux.

– Super. Tu peux aussi en faire un pour tante Clare.

Silence.

– Non, juste pour toi, déclara Louann finalement. Quand est-ce que tu reviens à la maison, Amy ?

– Je passerai demain après-midi. Juste le temps de prendre des cassettes pour la... des cassettes dont j'ai besoin. Je te verrai à ce moment-là, d'accord ? Dis-le à maman.

Louann aimait bien transmettre des messages.

– D'accord, répondit-elle. Au revoir.

Et elle raccrocha.

Je n'aurais pas dû lui dire que je venais, songea Amy en entendant le déclic. *J'aurais dû prendre les cassettes pendant qu'elle était chez Mrs Peck. Elle sera de nouveau fâchée quand je partirai.* Mais elle se sentait mieux après avoir parlé à sa sœur. Si Louann s'amusait avec Mrs Peck et

Marisa, Amy n'avait aucune raison de se sentir si coupable d'être ailleurs.

Elle décida d'appeler Ellen avant de faire ses devoirs.

– J'ai vérifié tous les numéros de mai et juin, annonça-t-elle à voix basse. On n'a pas trouvé le meurtrier.

– Pas le moindre indice ? Amy, l'assassin est peut-être encore ici, à Claiborne. Peut-être que ce n'est pas une si bonne idée d'habiter là-bas dans cette vieille maison. Il pourrait revenir et...

– Au bout de trente ans ? se moqua Amy. Pourquoi ferait-il ça ?

– N'empêche, insista Ellen, je n'aimerais pas rester dans une maison où des gens ont été assassinés. Même il y a trente ans. Elle pourrait être hantée.

Amy avait essayé de ne pas y penser. Le petit salon où son arrière-grand-mère était morte n'était qu'à quelques mètres.

– Je ne crois pas aux fantômes, dit-elle avec plus d'assurance qu'elle n'en avait réellement. Et tante Clare non plus, j'imagine, sinon elle ne serait jamais venue habiter ici, même pour une courte période. Écoute, Ellen, ça te dirait de venir avec moi à la bibliothèque la semaine prochaine consulter le reste des journaux de 1952 ? Peut-être qu'on a attrapé le meurtrier plus tard. Le dernier truc que j'ai trouvé aujourd'hui, c'est un article signalant le départ de tante Clare à Chicago et l'adoption de mon père par des cousins...

Le plancher grinça derrière elle. Elle se retourna brusquement et vit sa tante debout, toute pâle, avec un gros carton dans les bras.

– Il faut que j'y aille. À demain ! dit-elle en hâte, et elle raccrocha. C'était Ellen, expliqua-t-elle, incapable de regarder sa tante dans les yeux. Laisse-moi porter ça. Où tu veux le mettre ?

Sa tante se détourna.

– C'est de la porcelaine. Des pièces précieuses, répondit-elle d'un ton froid. Je vais les mettre au grenier avec le reste du service, pour que l'expert puisse en estimer la valeur.

Lui jetant un regard furieux par-dessus son épaule, elle ajouta :

– Tu dois avoir encore beaucoup de coups de fil à passer. Une histoire de meurtre sanglant, tout le monde adore ça.

Amy eut l'impression de recevoir une claque.

– Il ne s'agissait pas de commérages, tante Clare… Je voulais juste savoir ce qui était arrivé à tes grands-parents… et je n'en ai parlé à personne d'autre qu'Ellen. Elle était avec moi quand j'ai trouvé les articles dans les journaux…

Sa tante commença à monter l'escalier.

– Je suis vraiment désolée, poursuivit Amy. Je sais : je dis et fais toujours ce qu'il ne faut pas. Mais je n'ai pas du tout envie de te faire de la peine.

– Inutile de t'excuser, répondit sèchement sa tante. Tu reconnais que tu es curieuse... Ne t'attends pas à ce que ça me plaise. Le passé est mort, et tu m'aiderais beaucoup en le laissant ainsi. Et puis ça ne sert à rien de retourner à la bibliothèque. La police n'a pas découvert le coupable.

Arrivée devant l'entrée du grenier, elle s'arrêta et attendit qu'Amy lui ouvre la porte.

– Je crois que j'aimerais bien être seule un moment, ajouta-t-elle, avant de monter, en soufflant un peu sous le poids de la caisse.

Amy était au bord des larmes. Cette fois, elle avait vraiment tout gâché. *Pourquoi n'ai-je pas attendu demain pour parler à Ellen ? Maintenant tante Clare m'en veut, et je la comprends.*

Le couloir était sombre et la maison très silencieuse. Seuls résonnaient les pas de sa tante au-dessus. Amy repartit dans le couloir en traînant les pieds, passa devant la chambre où son arrière-grand-père avait été tué, et regagna sa chambre. Elle venait de poser la main sur l'interrupteur, lorsqu'un cri étranglé rompit le silence.

– Tante Clare !

Elle fit aussitôt demi-tour.

– Tante Clare ! Ça va ?

Pas de réponse. Elle grimpa l'escalier quatre à quatre, et trouva sa tante à l'autre bout du grenier qui fixait la maison de poupées d'un air horrifié.

– Comment as-tu pu faire ça ? cria-t-elle. Comment as-tu pu faire une chose aussi cruelle, aussi affreuse ?

– Quoi ? Qu'est-ce que j'ai fait ? dit Amy, rejoignant sa tante en toute hâte.

La maison de poupées était ouverte, et la petite boîte contenant les poupées aussi. La fille était dans la boîte, le grand-père dans la chambre principale, à plat ventre en travers du lit, et la grand-mère là où Amy l'avait vue en dernier, dans le petit salon.

Tante Clare se baissa, raide comme un automate, et tendit la main vers l'intérieur du petit salon en évitant soigneusement la poupée en équilibre contre la bibliothèque. Avec un ongle, elle tira un minuscule loquet sur le mur et ouvrit la porte du placard à bois près de la cheminée. Le petit garçon était à l'intérieur, la tête appuyée contre une bûche de la longueur d'une épingle.

Elle se redressa.

– C'est impardonnable, Amy, dit-elle d'un ton glacial. C'est vrai, tu as le droit de connaître notre misérable histoire familiale... Je peux à la rigueur essayer de comprendre ton besoin de savoir. Mais jouer avec la mort de tes arrière-grands-parents ! Comment as-tu pu ?

– Ce... ce n'était pas un jeu ! protesta Amy.

Elle était si choquée et effrayée par de telles accusations qu'elle en avait la bouche sèche.

– Je ne suis pas montée ici depuis samedi, le jour où j'ai montré la maison de poupées à Ellen. On a mis toutes les poupées autour de la table de la salle à manger et c'est là qu'on les a laissées...

Devait-elle dire qu'elle avait vu la grand-mère dans le petit salon quelques minutes après ? La tête lui tournait.

– Enfin je crois..., ajouta-t-elle.

– N'aggrave pas ton cas par un mensonge. Je n'arrive vraiment pas à imaginer comment tu as pu...

– Mais j'ai bien refermé la maison, samedi. Ça, j'en suis certaine ! Et je n'ai pas mis les poupées comme elles le sont maintenant.

Tante Clare se contenta de la regarder.

– Tu me feras le plaisir de remettre les poupées dans la boîte où tu les as trouvées et de ne plus y toucher.

Amy restait abasourdie. On ne l'avait jamais traitée de menteuse auparavant. Elle s'agenouilla en tremblant et ramassa les poupées. Elle les reposa en rang dans la boîte, qu'elle referma avec soin. Puis elle se releva et fit face à sa tante.

– C'est vrai, tante Clare, je n'ai pas déplacé les poupées. Et je n'ai pas essayé de savoir ce qui était arrivé à mes arrière-grands-parents Treloar juste pour pouvoir en parler avec Ellen. Je voulais simplement savoir ! Toi, tu n'en parlais jamais et mes parents non plus. Alors j'ai décidé de le découvrir par moi-même.

Elle se tut. Tante Clare gardait les yeux fixés sur la maison, comme si elle n'entendait pas.

– Je n'ai pas déplacé les poupées, répéta Amy, cherchant un moyen de prouver qu'elle disait la vérité. Je n'ai découvert l'histoire du meurtre qu'aujourd'hui, après l'école, tante Clare, et je ne suis pas retournée au grenier depuis. Tu le sais bien.

– Je ne sais rien du tout, répondit sa tante, d'un ton plus triste que fâché.

Elle referma la maison de poupées et replaça le drap qui la recouvrait la première fois qu'Amy l'avait vue.

– Si tu n'as pas bougé les poupées, qui l'a fait ?

9

Le cahier d'Amy et son livre d'anglais étaient dans la cuisine où elle les avait posés en rentrant. Elle les ramassa et remonta dans sa chambre. Sa tante s'installa au petit salon devant la télévision. Lorsqu'elles se croisèrent dans le hall, au pied de l'escalier, elles ne se regardèrent pas.

En haut, Amy trouva la chambre froide, impersonnelle. Elle laissa tomber ses livres sur le lit et se mit à errer comme une âme en peine, songeant à sa chambre douillette chez ses parents, à sa commode avec toutes ses images et ses flacons en cristal, aux murs tapissés de posters, de photos et de fanions colorés. Aux étagères pleines de livres et de ses chères miniatures. À tout son petit désordre familier. Rien de tel dans cette chambre-ci. Rien qui lui rappelât la maison, à part le vase de Louann, posé sur la commode. Amy le prit dans ses mains, passa un doigt sur les roses vernies… Elle aurait donné n'importe quoi pour voir Louann assise au pied de son lit en cet instant.

J'ai peur, se dit-elle. *Je n'ai jamais eu aussi peur de ma vie.* Ce n'était déjà pas drôle de se faire attraper et accuser de mensonge. Sa tante était la personne la plus imprévisible qu'elle eût jamais connue. Mais le plus effrayant, c'était la maison de poupées et ces poupées qui ne restaient pas là où on les mettait. Que se passait-il dans le grenier ? Par qui – ou par *quoi* – les poupées avaient-elles été déplacées ?

Elle ouvrit une fenêtre. La nuit était douce, parfumée, et vaguement éclairée par la lune. *Je pourrais appeler maman depuis l'école demain et lui dire que je veux rentrer à la maison.* Sa mère et Louann seraient contentes. Son père serait déçu. Il se réjouissait à l'idée qu'elle et tante Clare aient sympathisé.

Amy se tourna vers son lit et envoya promener ses chaussures. Elle s'assit, jambes croisées, avec les oreillers empilés derrière elle, et ouvrit son livre d'anglais sur ses genoux. Mais elle ne parvenait pas à se concentrer sur son travail ; les mots se mélangeaient quand elle essayait de lire.

Le fantôme – si toutefois il y en avait un – avait peut-être une raison particulière pour déplacer les poupées. Si Amy rentrait chez elle, elle ne le saurait jamais. Tante Clare finirait ce qu'elle avait à faire pour la maison et elle repartirait, en continuant à croire qu'Amy avait menti au sujet des poupées. Et, s'il y avait un fantôme, il serait ignoré.

Personne ne sait qu'il y a un mystère ici sauf moi, se dit Amy en frémissant. *Il faut que je reste, même si tante Clare me déteste.*

En bas, la télévision bourdonnait. La brise soulevait les rideaux, et un hibou hululait au loin. Amy se pencha sur son livre et reprit sa lecture. Le texte à étudier était une histoire policière. Elle aurait préféré autre chose ; un sujet de rédaction amusant, par exemple. Elle était déjà bien assez nerveuse sans lire une autre histoire de vieille maison obscure et pleine de secrets. Une heure plus tard, elle referma son livre. Elle avait griffonné les réponses aux questions à la fin de l'histoire, et elle les recopierait le lendemain matin, durant la deuxième heure de permanence.

Elle se déshabilla rapidement. Au moment où elle revenait de la salle de bain, elle entendit le déclic de la télévision en bas, puis le pas léger de sa tante allant d'une pièce à l'autre pour éteindre les lumières. Elle ferma la porte de sa chambre, sauta dans son lit et remonta ses couvertures jusqu'au nez. *Dors*, se dit-elle. *Ne pense pas. Dors.*

Mais le sommeil ne voulait pas venir. Elle écouta sa tante monter, l'entendit entrer dans sa chambre, aller à la salle de bain, puis retourner dans sa chambre. À quoi pensait-elle, maintenant ? Peut-être à un moyen de se débarrasser d'une invitée devenue indésirable.

Le hibou hulula de nouveau, plus près cette fois. Amy se sentit sombrer dans un demi-sommeil. D'étranges pensées flottaient dans sa tête, des fragments de rêves, de conversations : elle voyait Louann tenant un cache-pot où brillaient des fils dorés et des diamants étincelants ; Mrs Peck, le bras autour des épaules de la fillette, faisant signe à Amy de partir ; tante Clare devant la maison de poupées, la bouche ouverte dans un cri silencieux.

Puis elle se réveilla. La brise était retombée, et les rideaux pendaient, immobiles. Amy leva la tête et parcourut la pièce du regard. Il y avait quelqu'un derrière la porte. Elle écarquilla les yeux en voyant soudain la vieille poignée en métal tourner très lentement dans la lumière de la lune.

Elle s'enfouit sous les couvertures. La gorge nouée, elle contracta les paupières, voulant se persuader qu'il s'agissait d'un autre mauvais rêve. Mais quand elle rouvrit les yeux la poignée tournait encore. Il y avait quelque chose dans le corridor qui essayait d'entrer.

Un fracas déchira le silence. Amy poussa un hurlement. La porte s'ouvrit brusquement, et tante Clare apparut, tel un fantôme dans sa longue robe de chambre. Son visage était aussi blanc que le vêtement.

– Tante Clare, qu'est-ce qui se passe ?

Sa tante courut vers la fenêtre donnant sur le jardin.

– Encore ces maudits ratons laveurs. Il y en a deux qui courent à travers la pelouse.

Amy se redressa brusquement dans son lit, le poing sur la bouche. Si elle bougeait, elle se remettrait à crier.

– Ne t'inquiète pas, Amy. Voyons ! Ce sont juste des ratons laveurs qui rôdent en quête de nourriture. Je t'ai prévenue que ça pourrait arriver…

– Ce… n'est pas seulement ça…, balbutia Amy, en claquant des dents. J'ai vu la poignée de la porte tourner…

– Oh là là ! Je suis désolée, dit tante Clare, en s'approchant du lit. Je voulais jeter un coup d'œil sans faire de bruit et voir si tu dormais. Je voulais parler...

Amy se leva d'un bond. Il lui était impossible de parler là, tout de suite. La maison de poupées, la scène dans le grenier, la poignée de la porte qui tournait et maintenant les ratons laveurs... C'en était trop.

– Je ne peux..., commença-t-elle, sans pouvoir en dire plus.

Elle se précipita dans le couloir et courut vers la salle de bain, les deux mains sur la bouche. Elle arriva juste à temps.

*

* *

Quand elle revint, sa lampe de chevet était allumée, et sa tante était assise dans le fauteuil à bascule. Les jambes repliées sous sa robe de chambre, elle avait presque l'air d'une petite fille. Elle attendit pendant qu'Amy remontait dans son lit et se glissait sous les couvertures.

– Ça va mieux maintenant ?

Amy réfléchit.

– Un peu. Mais j'ai froid. Je n'arrête pas de trembler.

– Tu veux que je ferme les fenêtres ?

– Non, ça ira mieux dans quelques minutes. J'ai un estomac nerveux, répondit-elle, reprenant une expression de sa mère.

– Il y a bien de quoi être nerveux, ce soir. Je suis navrée de m'être emportée contre toi, Amy. C'est ce que j'étais venue te dire… et, du coup, je t'ai fait une peur bleue. Je sais que j'ai réagi d'une manière excessive tout à l'heure, dans le grenier.

Amy prit une profonde inspiration.

– Ce n'est pas grave. Mais je ne voulais pas que tu imagines que je puisse te mentir.

Sa tante se pencha en avant.

– Je ne veux pas que tu te croies *obligée* de me mentir. C'est ça qui ne va pas dans toute cette histoire. On est amies… on devrait pouvoir être honnêtes l'une envers l'autre.

Ainsi tante Clare ne la croyait toujours pas.

– L'époque de mes douze ans est terriblement loin, poursuivit sa tante. Les enfants sont différents maintenant… On voit tellement de violence à la télévision et au cinéma que je peux comprendre ta fascination pour… pour ce qui est arrivé à tes arrière-grands-parents. Mais voir les poupées dans les pièces où grand-mère et grand-père ont été trouvés cette nuit-là a réveillé tant de souffrance… Enfin, soupira-t-elle, je suis vraiment désolée de t'avoir fait une telle scène.

Amy ouvrit la bouche pour protester, puis changea d'avis. Si elle répétait qu'elle n'avait pas déplacé les poupées, tante Clare se mettrait de nouveau en colère.

– Moi aussi, je suis désolée. Je sais que tu veux oublier tout ça.

– Oui, c'est vrai. Et pas seulement pour les raisons qui sont évoquées dans les journaux. Cette maison était très triste, Amy... à l'époque où mes grands-parents ont été tués, et aussi bien avant. J'étais fiancée à un homme qu'ils n'aimaient pas du tout. Il avait plusieurs années de plus que moi, il était très beau, très impétueux et il buvait pas mal. Nos grands-parents ne buvaient pas du tout, et un soir, lorsqu'il est arrivé à la maison ivre, ils lui ont ordonné de sortir et ont déclaré que je ne devais plus jamais le revoir. J'étais furieuse ! On s'est disputés pendant des mois ! Je continuais à le voir en secret, et rentrais ensuite à la maison pour retrouver leurs sermons. C'était... affreux, dit-elle, avec les larmes aux yeux. Je leur ai dit que je les détestais, avoua-t-elle tout bas. Ils sont morts en pensant que c'était la vérité.

Amy se redressa dans son lit.

– Oh, mais ils n'ont pas cru ça. Les gens disent des tas de choses qu'ils ne pensent pas sérieusement. Moi, par exemple, quand je suis en colère contre ma mère. Mais elle sait qu'ensuite je le regrette. Tu ne peux pas t'en vouloir encore si longtemps après.

Tante Clare déplia les jambes et se leva.

– Oh ! si, je m'en veux, dit-elle doucement. Tu n'imagines pas à quel point. Dors maintenant, ajouta-t-elle en tapotant le bras d'Amy. Je sais que je ne devrais pas t'infliger tout ça, mais, après m'être emportée contre toi, je crois que tu as le droit d'en savoir un petit peu plus sur ce qui s'est passé. Et pourquoi je suis comme je suis... même après toutes ces années.

Elle sourit.

– On se pardonne et on oublie ?

– Bien sûr, répondit Amy en se recouchant. Merci de m'avoir dit tout ça.

– Bonne nuit.

– Bonne nuit.

La porte se referma, laissant Amy avec un sentiment de malaise, comme si sa tante n'avait raconté qu'une partie de ce qui la préoccupait. Qu'était-il vraiment arrivé dans cette maison ? Amy se demandait si elle le saurait jamais. Et quelles étranges choses s'y déroulaient encore aujourd'hui ?

Cet endroit est vraiment triste, se répéta-t-elle. Et cette tristesse n'était pas seulement là-haut, dans la maison de poupées, mais tout autour d'elle.

10

Il était près de cinq heures quand Amy arriva devant chez elle. Jusqu'à ce jour, elle n'avait jamais prêté d'attention particulière à la maison elle-même – c'était juste l'endroit où elle vivait –, mais maintenant elle comprenait que ce bardeau gris foncé et ces volets blancs étaient la plus jolie combinaison possible. Des tulipes rouges et jaunes en pleine floraison bordaient l'allée des deux côtés, et le lilas près de la porte de derrière embaumait l'air de son parfum.

Le garage était vide. Sa mère n'était donc pas encore revenue de son travail. Amy utilisa sa clé pour entrer, puis parcourut les pièces l'une après l'autre. Elle regarda les tapisseries de sa mère accrochées aux murs et les dessins au feutre de Louann collés sur le réfrigérateur. Elle s'arrêta un moment devant le grand fauteuil de son père, s'y assit, et s'enfonça dans les coussins. Le fauteuil sentait la pipe, et il y avait des brins de tabac dispersés dans le cendrier sur la table. Elle le ramassa et le vida dans la poubelle sous l'évier de la cuisine.

En haut, dans sa chambre, elle posa son lecteur de cassettes sur le lit et fouilla dans un lot de cassettes pour trouver celles qu'elle voulait. Il lui fallait encore d'autres choses : les sels de bain que Louann lui avait offerts une fois pour Noël, le tee-shirt *I-love-pizza-and-pizza-loves-me* qu'elle voulait mettre pour la fête, du fil dentaire et un stylo à bille supplémentaire. Alors qu'elle fourrait ses affaires dans un cabas, une porte de voiture claqua.

Amy dévala l'escalier et se jeta au cou de sa mère. Puis elle serra Louann dans ses bras. Le visage empourpré, la fillette souriait d'un air ravi.

– Regarde, Amy, dit-elle en plongeant la main dans un sac qu'elle portait. J'ai fait une marionnette aujourd'hui. Regarde, Amy, regarde !

Louann enfila la main dans la marionnette-chaussette et fit bouger la tête en riant.

– Comme les marionnettes du centre commercial, s'écria-t-elle. Mais plus belle. Hein, Amy ?

– Oh ! oui. Tu as fait ça à l'école ?

– C'est Mrs Peck qui nous a appris. J'adore Mrs Peck. On fait tous les jours quelque chose.

Amy et sa mère échangèrent des regards.

– Chaque après-midi, elles décident ce qu'elles feront le lendemain, dit Mrs Treloar avec une drôle de petite grimace. Louann est impatiente d'aller chez elle après l'école. Demain, elles vont toutes les trois au centre commercial en autobus, Mrs Peck, Louann et Marisa. Mrs Peck pense que les filles devraient savoir prendre le bus toutes seules.

– Mais c'est impossible ! s'exclama Amy. Elles vont se perdre, maman.

– Pas vrai ! On se perdra pas ! hurla Louann, en lui fourrant la marionnette sous le nez. Je peux le faire !

– Du calme ! ordonna Mrs Treloar. Nous en parlerons avec ton père ce soir. Mrs Peck fait faire à Marisa beaucoup de choses que Louann ne fait pas. Elle va à l'épicerie toute seule, et elle a un petit jardin, et…

– Marisa est plus âgée, dit Amy, en repoussant la marionnette d'un geste impatient. Marisa est…

Elle allait dire « plus intelligente », mais l'expression de Louann l'arrêta à temps. En fait, elle ne connaissait pas vraiment Marisa. Elle l'avait juste aperçue une ou deux fois quand les filles descendaient du bus scolaire.

– Marisa est différente, conclut-elle, à court d'arguments.

– Non ! cria Louann. On est exactement pareilles.

Amy haussa les épaules. Elle ne comprenait pas pourquoi l'idée que Mrs Peck apprenait à Louann à faire des choses l'agaçait tellement. C'était pourtant bien ce qu'elle ressentait : de l'agacement. Manifestement Mrs Treloar n'était pas particulièrement contente non plus.

Louann est à nous, songeait Amy. *Voilà tout. Nous savons ce qu'elle peut faire et ce qu'elle ne peut pas faire. On n'a pas besoin que Mrs Peck ou n'importe qui d'autre essaie de tout changer.*

Cela n'arriverait jamais. Jetant un regard désespéré sur le visage baigné de larmes de sa sœur, elle monta à sa chambre quatre à quatre. Elle attrapa son sac, posé au pied du lit, et redescendit en vitesse.

– Je dois y aller. Embrassez papa pour moi.

Elle se sentait mal à l'aise, comme si elle parlait à des étrangers plutôt qu'à sa propre famille. Sa mère l'accompagna à la porte.

– Ton gâteau d'anniversaire sera prêt demain après-midi, dit-elle froidement. Ton père le déposera en allant à Madison. Il a un séminaire ce week-end, et il doit être là-bas demain soir. La réunion commence samedi matin de bonne heure.

– Merci, maman, dit Amy.

Évitant le regard de sa mère, elle ajouta :

– Je suis désolée.

Toutes deux regardèrent Louann, qui leur tournait le dos, appuyée contre le mur.

– Je m'en doute, soupira Mrs Treloar. Ça semble si peu de chose, d'inviter ta sœur à ton anniversaire… mais c'est à toi de voir. Je pense que je l'emmènerai manger un hamburger quelque part quand je reviendrai du travail.

Amy s'enfuit vers son vélo. Elle enfonça son sac dans le panier et descendit l'allée comme une flèche avant de s'élancer dans la rue à grands coups de pédales. Les maisons défilaient à toute vitesse à travers les larmes qui lui brouillaient la vue.

Dans l'immédiat, elle avait tante Clare chez qui aller. Mais tante Clare ne voulait pas rester à Claiborne ; elle ne songeait qu'à retourner à Chicago.

Qu'est-ce que je ferai alors ? se demanda Amy. *Où vais-je me réfugier quand elle sera partie ?*

11

L'odeur du caramel chaud accueillit Amy quand elle ouvrit la porte de derrière. Sa tante était devant la table de la cuisine, et remuait doucement une énorme quantité de pop-corn pour l'enrober de sirop.

– Soupe et salade pour le dîner, ce soir, annonça-t-elle en voyant Amy. Nous avons des choses plus importantes à faire que de préparer le repas.

Amy prit une poignée de pop-corn au caramel. C'était bon de voir un sourire après la pénible scène qu'elle venait de vivre.

– C'est délicieux. Ellen en sera folle. Le pop-corn au caramel, c'est ce qu'elle préfère par-dessus tout. Qu'est-ce qu'on aura d'autre ?

– Des caramels au chocolat. Des tonnes de caramel. Pour moi, c'est ce qu'il y a de meilleur au monde. Ça ne veut pas dire que je vais m'incruster dans la fête et jouer les casse-pieds. Je me rappelle ce que c'est d'avoir des adultes qui observent vos moindres faits et gestes. Mais on fera une double quantité, et puis, demain soir, je monterai dans ma chambre quand vous aurez mangé, et j'en emporterai une pleine assiette, juste pour moi. Et si je faisais des sandwichs aux œufs ? J'ai une excellente recette...

– Avec de la pizza ? dit Amy en riant.

L'enthousiasme de sa tante était irrésistible.

– Tu as raison. C'est une très mauvaise idée ! Mais j'ai acheté un énorme sac de chips en rentrant et les ingrédients pour faire une super sauce. Qu'en dis-tu ?

– Génial !

Amy se sentait de mieux en mieux.

– Je monte en vitesse dans ma chambre avec les choses que j'ai rapportées de la maison... Oh, maman a dit que papa déposerait le gâteau demain après-midi. Il doit aller quelque part en dehors de la ville, et il l'apportera en passant.

– Parfait.

Tante Clare recouvrit le plat de pop-corn de papier d'aluminium et le posa au bout de la table.

– Comment ça s'est passé chez toi ? demanda-t-elle. Tout est rentré dans l'ordre ?

Amy n'avait pas envie de parler de la maison.

– Ça va. Je ne suis pas restée très longtemps.

– Comment ça marche pour Louann avec la baby-sitter ?

– Pas mal, je crois. Elles font des trucs... Je sors le sucre et le beurre pour le caramel ? proposa Amy pour changer de sujet.

Sa tante fit oui de la tête.

– Il est évident que Louann a besoin d'avoir d'autres personnes dans sa vie. Ce n'est pas juste que sa famille supporte toute cette charge. Je sais que j'ai offensé ta mère en parlant ainsi, mais je n'ai pas pu m'empêcher de donner franchement mon avis le premier soir où j'ai dîné chez vous.

C'était donc ça, se dit Amy. Voilà pourquoi sa mère se montrait très réservée chaque fois qu'on parlait de tante Clare.

– Bon, pour l'instant, le travail nous attend, hein ? poursuivit celle-ci. Est-ce qu'on a assez de chocolat pour une double fournée de caramels ? Voyons ça. Et tu peux ouvrir une boîte de soupe... celle que tu veux.

Lorsqu'elles eurent dîné, mis le caramel à refroidir et mélangé les ingrédients de la sauce (quatorze au total), l'horloge marquait plus de neuf heures.

– On a encore une chose à faire ce soir, déclara tante Clare. Tu as bien dit que tu aimerais qu'Ellen reste coucher ici, n'est-ce pas ? Dans ce cas, il faut sortir une couverture de plus et l'aérer. Dans le grenier, il y a un coffre rempli de couvertures et d'édredons. Ils sont en bon état, même après tout ce temps... mais ils sentent le renfermé, c'est sûr. Monte vite chercher une couverture pour Ellen. Je l'accrocherai sur l'étendoir demain pour lui faire prendre l'air, avant de commencer le ménage.

Amy sentit brusquement sa gorge se nouer. Elle n'était pas prête à remonter au grenier. Pas tout de suite, en tout cas.

– Les nuits ne sont pas très froides en ce moment, protesta-t-elle. Ellen n'aura peut-être même pas envie d'une couverture.

– Bien sûr que si. Il faudrait au moins qu'elle en ait une dans la chambre, en cas de besoin.

– Mais je ne suis pas certaine de pouvoir trouver ce coffre.

– Il est juste en haut de l'escalier, sur la gauche. Une grande caisse en métal. Tu ne peux pas la manquer.

Tante Clare lui jeta un regard insistant. Amy saisit le message. *Elle veut me faire comprendre qu'elle me fait confiance pour monter là-haut sans bouger les poupées.*

Elle n'avait pas le choix. Il fallait qu'elle aille chercher la couverture. Elle quitta la cuisine et se dirigea vers l'escalier à travers le hall faiblement éclairé. *Je ne regarderai même pas le coin de la maison de poupées*, se promit-elle. *J'attraperai la couverture du dessus et je repartirai en vitesse.*

À la porte du grenier, elle hésita. Peut-être pourrait-elle donner sa propre couverture à Ellen au lieu d'aller en chercher une autre. Non, tante Clare poserait sûrement des questions.

– Amy ! appela sa tante. J'ai oublié de te dire, je crois que l'ampoule du grenier est grillée. Prends la grosse torche qui est sur la table près de mon lit.

Oh, super ! Le cœur battant, elle alluma une lampe dans la chambre de sa tante et chercha la torche.

Elle avait monté la moitié de l'escalier du grenier, la lumière de la torche sautillant devant elle, lorsqu'elle entendit un petit bruit. *Des souris. Pourvu que ce soient des souris.* Un drôle de souhait, vu qu'elle détestait les souris. Elle s'immobilisa. Le bruit cessa, juste un instant, puis recommença. Quelque chose bougeait au-dessus d'elle.

La malle à gauche en haut de l'escalier, se répéta-t-elle, s'efforçant de repousser toute autre pensée. Quand elle arriva en haut, elle vit la grosse caisse métallique à l'endroit indiqué. Elle se baissa et, de ses doigts tremblants, défit les fermetures. *La couverture du dessus, vite !*

Le grattement devint plus fort. Il venait du côté de la maison de poupées. Sans vraiment le vouloir, elle dirigea le faisceau de la torche vers ce coin-là. Le drap blanc, qui auparavant recouvrait la maison, gisait en tas par terre. Et la maison était grande ouverte !

Amy sentit ses genoux se dérober sous elle. La torche lui échappa des mains. Elle essaya de se baisser pour la ramasser. Impossible. Elle restait là, tétanisée, les yeux fixés sur la maison et sur l'étrange lueur qui commençait à envahir le petit salon.

Une lumière dans la maison de poupées ! Amy poussa un cri de terreur. Elle s'accroupit précipitamment, attrapa la torche et dégringola les marches à toute vitesse. Trébuchant sur la dernière, elle sortit en trombe dans le couloir et claqua la porte derrière elle, avant de s'appuyer contre le mur en sanglotant.

– Amy ! Pour l'amour du ciel, qu'est-ce que tu fais là-haut ? Tu as trouvé la couverture ?

– Oui… tout va bien, répondit Amy d'une voix tremblotante (on aurait dit celle de quelqu'un d'autre). J'ai laissé tomber la torche, mais elle ne s'est pas cassée.

Elle s'interrompit un instant, priant pour que sa tante reste en bas, puis reprit :

– Je crois que je vais faire mes devoirs maintenant et aller me coucher. Je suis un peu fatiguée.

– Très bien. Fais de beaux rêves.

Vraiment, il y avait de quoi ! Alors qu'elle se déshabillait et boutonnait maladroitement son pyjama, elle était plus éveillée et plus effrayée qu'elle l'avait jamais été de toute sa vie. Après réflexion, elle poussa le fauteuil à bascule contre la porte et coinça le dossier sous la poignée de façon que rien ni personne ne puisse l'ouvrir sans qu'elle le sache. Puis elle grimpa dans le lit et tira le drap pardessus sa tête.

J'ai vu une lumière dans la maison de poupées. Ces mots résonnaient dans sa tête. Et elle avait vu pire encore. Juste avant qu'elle dévale l'escalier, quelque chose avait bougé dans le petit salon. Quelque chose de petit qui se tenait debout sur deux jambes.

Ce n'était pas une souris, gémit Amy sous son drap. *J'aurais tant aimé que ce soit une souris !*

12

– Joyeux anniversaire, chère Amy ! entonna tante Clare au moment où Amy entrait dans la cuisine.

Elle s'interrompit aussitôt.

– Oh, tu n'as pas l'air bien. Ne me dis pas que tu as attrapé quelque chose, le jour de ton anniversaire !

– Non, ça va. C'est juste que je n'ai pas très bien dormi, répondit-elle d'un ton aussi détaché que possible, comme si le fait d'avoir un an de plus était son seul souci.

– Je veux bien le croire.

Sa tante lui tâta le front.

– Tu n'es pas fiévreuse, mais quels cernes tu as sous les yeux ! Qu'est-ce qui a bien pu t'empêcher de dormir, pour l'amour du ciel ?

Amy s'assit et se mit à préparer ses céréales.

– L'excitation, sans doute, à l'idée de la fête. C'est vraiment gentil, tante Clare, de faire tout ça pour Ellen et moi.

– Tu sais, ça me fait plaisir. C'est un peu comme si j'avais une fille, même si c'est pour peu de temps. Je suis contente aussi qu'Ellen passe la nuit ici. As-tu trouvé une couverture pour elle ?

Amy sentit sa gorge se nouer.

– J'irai la chercher dès que j'aurai fini de manger, promit-elle. Il faisait trop sombre là-haut, hier soir, et j'ai préféré attendre le matin pour en prendre une.

– Bon, peu importe. Je le ferai, dit sa tante en versant du café dans un vieux mug avant de le porter à ses lèvres. Hier soir, après la fabrication du caramel, je manquais de courage. Aujourd'hui, je me sens pleine d'énergie.

– Non, non, je le ferai, j'y tiens, insista Amy.

Il ne fallait pas que sa tante monte là-haut. Elle trouverait la maison de poupées ouverte et l'accuserait de nouveau.

J'aurais dû l'appeler au grenier pour qu'elle voie ce que j'ai vu hier soir, se répéta Amy pour la centième fois. Mais elle avait eu trop peur sur le moment pour penser clairement. Tout ce qu'elle voulait, alors, c'était sortir du grenier le plus vite possible.

À peine le petit déjeuner terminé, elle monta chercher ses affaires dans sa chambre. Elle déposa sa pile de livres et de cahiers en haut de l'escalier, puis, prenant une profonde inspiration, se dirigea d'un pas décidé vers la porte du grenier et l'ouvrit.

Le soleil entrait à flots par les fenêtres poussiéreuses au-dessus d'elle. Elle grimpa les marches lentement, chaque pas étant une épreuve. Que n'aurait-elle pas donné pour être à mille lieues de là ! Arrivée en haut, vite, elle ouvrit le coffre et prit une couverture bleue bien pliée.

– Amy ? appela sa tante. Tu veux que je vienne t'aider ? Tu as du mal à ouvrir le coffre ?

– Non ! cria Amy. Inutile de venir. Je descends tout de suite.

J'ai encore juste une chose à faire.

Elle devait fermer la maison de poupées. Peur ou pas peur, elle ne pouvait pas prendre le risque que tante Clare trouve la maison ouverte.

Elle retira ses chaussures et se dirigea sur la pointe des pieds vers le coin de la maison de poupées. Le drap était toujours en tas sur le plancher. La boîte contenant les poupées était ouverte. Avec une seule poupée dedans : la fille.

Amy se força à regarder à l'intérieur de la maison. Le grand-père était de nouveau en haut, dans la chambre, couché en travers du lit, tel que sa tante et elle l'avaient trouvé deux soirs plus tôt. La grand-mère était de nouveau dans le petit salon, face à la bibliothèque.

Amy sentit son estomac se nouer et se demanda si elle allait vomir. La grand-mère, dans sa robe de soie bleue, s'était déplacée dans le petit salon, la veille au soir, ou elle y avait été déposée par des mains invisibles.

Comment faire croire ça à tante Clare ?

D'une main tremblante, et en contournant la grand-mère, elle tira le verrou du placard à bois près de la cheminée. La porte s'ouvrit, laissant apparaître le petit garçon. Amy recula d'un bond comme si on l'avait piquée. D'un geste rapide, elle rabattit la façade de la maison, et les poupées disparurent de sa vue. Puis elle ramassa le drap et le laissa retomber sur le toit. Du bout du pied, elle referma d'un coup sec le couvercle de la boîte des poupées et repoussa la boîte pour ne plus la voir.

– Amy ? Qu'est-ce que tu fais là-haut ? On te demande au téléphone.

– J'arrive !

Elle courut récupérer ses chaussures et la couverture. Sa tante attendait dans le couloir du premier.

– Tu as dû passer en revue toutes les couvertures de la malle, plaisanta-t-elle. Tu crois vraiment qu'Ellen va se soucier de la couleur ?

Amy avait encore les genoux qui tremblaient, mais c'était un tel soulagement de sortir du grenier, d'en avoir fini avec cette affreuse mission, que la tête lui tournait.

– Ellen ne se souciera de rien du moment qu'on lui donne plein de pop-corn au caramel ! s'écria-t-elle.

Et, jetant la couverture dans les bras de sa tante, elle attrapa ses livres et dévala l'escalier pour aller répondre au téléphone.

C'était sa mère. Le ton n'était toujours pas très chaleureux, mais elle semblait décidée à ne pas gâcher la fête.

– Je te souhaite une très bonne journée, Amy. Ton gâteau est prêt, et je dois dire qu'il est très beau.

– Merci, maman.

– Louann veut te souhaiter aussi un bon anniversaire. Elle est à côté de moi.

– Joyeux anniversaire, Amy.

Louann semblait déprimée. Amy imaginait leur mère debout près du téléphone, soucieuse que tout se passe bien entre ses filles.

– Je te verrai dans quelques jours, c'est sûr, promit Amy. On fera une fête, comme maman a dit, d'accord ?

– D'accord.

Quand elle raccrocha, sa tante était dans le hall et la regardait.

– Je ne vois pas pourquoi tu devrais te sentir gênée à propos de la fête de ce soir, dit-elle. Ce n'est pas ce que veut ta mère, j'en suis certaine.

Amy haussa les épaules. Elle savait ce que sa mère voulait.

– Détends-toi maintenant. Aujourd'hui tu entres dans l'adolescence, un âge où on a bien assez de problèmes sans s'en inventer de nouveaux.

– Bien, dit Amy. Je dois me trouver un petit ami.

– Et penser à une carrière.

– Et me maquiller les yeux.

– Et apprendre toutes les nouvelles danses.

– Et arriver à l'heure au collège ! lança-t-elle, en partant. À ce soir, tante Clare !

*

* *

Aujourd'hui, j'entre dans l'adolescence. Amy se répétait ces mots en pédalant sur la route du collège. Grandir impliquait des responsabilités, et c'est bien ce à quoi elle devait faire face. Elle protégeait tante Clare contre les douloureux souvenirs et les sentiments de culpabilité qui la tourmentaient tant. Et protéger tante Clare signifiait ne pas lui dire ce qu'elle avait vu dans le grenier la veille. Elle ne pouvait même pas en parler à Ellen sans se sentir coupable de trahison.

Elle s'arrêta à un croisement et vit passer devant elle deux fillettes qui couraient en riant. *J'étais comme ça à leur âge*, songea Amy. Soudain ce temps-là lui parut lointain.

*
* *

La journée n'en finissait pas au collège. Ellen avait plein de projets pour la fête. Sa mère amènerait toutes les invitées chez tante Clare à six heures, et, à onze heures, un autre parent viendrait les chercher, sauf Ellen, bien sûr. Cissie Talbott devait apporter un jeu de cartomancie, et Kathy Sells une pleine boîte d'échantillons donnée par sa tante esthéticienne. De quoi s'exercer à l'art du maquillage.

– Tante Clare a préparé du pop-corn au caramel, annonça Amy d'un air malicieux. Mais si tu as peur que ça te fasse grossir…

Ellen gémit.

– Tant pis, j'en crèverai, mais je mourrai heureuse. Oh, je voudrais qu'il soit déjà six heures maintenant.

Amy aussi était impatiente. Mais quand la sonnerie retentit enfin, marquant la fin des cours, elle était contente qu'il reste encore une heure ou deux pour les derniers préparatifs. La pizza serait prête à mettre au four quand les filles arriveraient. Amy, qui n'avait jamais fait de pizza, avait l'intention d'observer attentivement sa tante pour apprendre. La prochaine fois, elle saurait la faire elle-même.

Elle enfourcha son vélo, en espérant que son père serait là avec le gâteau quand elle arriverait. Il lui manquait, peut-être parce qu'il semblait toujours une oasis de tranquillité au milieu des tempêtes, dans les rapports houleux qu'elle entretenait avec sa mère.

Tante Clare sortit par la porte de derrière et attendit sur le seuil qu'Amy ait rentré son vélo dans le garage.

– Papa a apporté le gâteau ?

Sa tante fit oui de la tête.

– Il y a environ une heure. Il était désolé de te manquer, dit-elle en descendant les marches avec un drôle d'air.

Amy s'en inquiéta.

– Qu'est-ce qu'il y a ? Il va bien, au moins ?

– Oui, très bien. Il n'y a pas de problème… enfin, pas vraiment. Je sais seulement que tu vas être contrariée et j'en suis navrée. Rien ne doit gâcher cette soirée pour toi.

– Quel est le problème ?

Amy suivit le regard de sa tante et monta l'escalier en courant.

– Si, il y a un problème, je le sens…

Elle entra en trombe dans la cuisine et s'arrêta net. Louann était assise à la table devant des biscuits et du lait.

– Salut, Amy, lança-t-elle, souriant d'un air jovial à travers une moustache de lait. Je suis venue pour la fête.

Amy sentit la main de sa tante sur son épaule.

– C'était une urgence, expliqua Clare. Tu te souviens de l'amie de ta mère, Barbara ? Elle habite à Sun Prairie, juste à côté de Madison. Elle a appelé vers midi pour demander si ta mère pouvait venir l'aider pendant un jour ou deux. Son mari doit se faire opérer – c'est tout à fait inattendu – et il y a deux jeunes enfants…

Elle s'interrompit pour reprendre son souffle, puis continua :

– Ta mère a senti qu'elle ne pouvait pas dire non, d'autant plus que ton père partait dans cette direction cet après-midi. Ils ont demandé à Mrs Peck si elle pouvait prendre Louann pour le week-end, mais elle va passer deux jours dans une cabane au bord d'un lac avec sa petite-fille et la famille. Il n'y avait pas d'autre choix…

– Maman aurait pu emmener Louann si elle avait voulu.

Tante Clare ne la contredit pas.

– Je sais ce que tu ressens…

– Non, tu ne sais pas.

– Je suis venue pour la fête, répéta Louann, mais timidement, cette fois, en observant l'expression d'Amy.

Maman a dit que je pouvais. Papa et moi, on a apporté le gâteau. Regarde, Amy.

Elle désigna une grosse boîte posée sur le plan de travail. Amy s'en approcha. Le gâteau était jaune pâle, avec une fine inscription en lettres vertes entourée de bouquets de roses : *Joyeux anniversaire, Amy et Ellen*. Et sous ces mots, en grand, le nombre *13*.

– Il est magnifique, ce gâteau, dit tante Clare. Ta mère a dû y passer des heures.

Les yeux d'Amy se remplirent de larmes. Elle détestait ce gâteau. C'était un subterfuge pour qu'elle laisse Louann venir à sa fête.

– Je parie qu'il n'a rien, le mari de Barbara, ronchonna-t-elle. Je parie qu'il serait surpris s'il découvrait qu'il est censé être à l'hôpital.

– Oh, Amy ! protesta sa tante Clare, choquée. Tu ne le penses pas vraiment.

– Si, parfaitement. Ma mère se fiche de ce que je veux... C'est toujours comme ça !

Le visage de Louann se décomposa.

– Je veux rentrer à la maison, pleurnicha-t-elle. J'aime pas être ici. Tu es méchante, Amy !

– Allons, allons, les filles, dit tante Clare. Tout va s'arranger.

Elle regardait l'une et l'autre alternativement, sans savoir que faire.

Elle commença par passer le bras autour des épaules d'Amy, qui se dégagea aussitôt. Puis elle alla vers Louann, tournant autour avec méfiance comme si elle était d'une autre planète.

– Si on pouvait juste se calmer une minute, implora-t-elle. Nous allons parler de tout ça ensemble comme des adultes…

Amy s'enfuit de la cuisine et monta dans sa chambre. Elle ne voulait pas se calmer. Elle ne voulait pas devenir adulte, être raisonnable et prendre des responsabilités… pas s'il s'agissait de s'occuper de Louann tous les jours de sa vie. Elle tremblait de colère, et d'un autre sentiment… un sentiment trop sombre pour qu'elle laisse quelqu'un d'autre en être témoin. Car elle s'était soudain rendu compte que ce n'était pas seulement le gâteau qu'elle détestait. En cet instant, elle détestait aussi sa mère.

13

Quand Amy redescendit, Louann observait sa tante rouler la pâte à pizza sur la table de la cuisine. Un bol de sauce tomate et un bol de fromage étaient posés à un bout de la table, et l'odeur épicée de saucisse fraîchement rôtie remplissait la pièce.

– Salut ! dit tante Clare, qui s'attaquait au rond de pâte avec le rouleau à pâtisserie comme si cela lui faisait du bien. Ça va ?

Amy croisa son regard.

– Oui. Je suis désolée. C'est juste que je n'aime pas me faire avoir comme…

Sa tante l'interrompit gentiment :

– Je crois que tu te trompes, là-dessus.

Elle plia les ronds de pâte en quatre et les transféra sur des plaques huilées.

– Tiens, ma belle, à ton tour. Louann a émietté le fromage et la saucisse est prête. Tu n'as plus qu'à répandre tout ça sur la pâte, pendant que je hache l'ail pour la sauce tomate. C'est une vieille recette de famille... venue tout droit de *Modes et travaux*.

Amy prit le poêlon sur la cuisinière et se mit au travail. Elle se sentait épuisée et savait que ses yeux étaient rougis par le torrent de larmes qu'elle avait versé durant la dernière demi-heure.

– J'ai aidé tante Clare, dit Louann. J'ai préparé le fromage.

Elle poussa le bol vers Amy avec un regard gêné.

– Bravo, répondit Amy d'un ton grincheux, ajoutant aussitôt pour se rattraper : Tu as fait du bon travail. Elles vont être super bonnes, nos pizzas.

La gêne se dissipa en un clin d'œil.

– Oui, renchérit Louann, elles vont être super bonnes, nos pizzas. À la fête, je dirai à tout le monde que je vous ai aidées.

Amy soupira. D'habitude, sa sœur n'arrêtait pas de parler quand elle avait un auditoire, et, comme ses amies ne savaient pas très bien comment réagir, elles faisaient semblant d'être intéressées. Amy imaginait déjà comment se déroulerait la soirée.

– J'aimerais bien que tu essaies de ne..., commença-t-elle.

Elle n'acheva pas sa phrase. À quoi bon ? La soirée était gâchée de toute façon. Elle se demanda ce que dirait Ellen – Ellen, qui avait annulé leur balade quand elle avait cru que Louann les accompagnerait.

Sa tante, semblant deviner ses pensées, se chargea de mettre les choses au point :

– Louann, tu dois te rappeler que, pendant cette soirée, toutes les filles auront des choses à raconter. Ce qu'elles diront sera sûrement intéressant. Alors la plupart du temps il faudra que tu saches écouter.

Louann eut l'air stupéfaite.

– Je ne pourrai pas parler ?

– Bien sûr que si. J'ai dit « la plupart du temps ». Tu veux bien essayer de t'en souvenir ?

– D'accord. Je pourrai écouter. Et aussi faire des marionnettes. J'ai apporté ma marionnette, Amy. Je pourrai la montrer aux filles pendant la fête.

Amy jeta un regard désespéré à sa tante. Louann en était déjà à penser que c'était sa fête à *elle*. Quand les invitées arriveraient, elle serait si excitée qu'il n'y aurait pas moyen de la calmer.

– Où je vais dormir, ce soir ? demanda Louann. Je veux voir.

Tante Clare revint vers la table avec une soucoupe contenant de fines lamelles d'ail.

– On peut préparer une autre chambre. Louann n'aura qu'à ignorer la poussière. Il faudra juste aller chercher d'autres couvertures au grenier.

Amy frissonna. Une nouvelle expédition au grenier ? Surtout pas en ce moment !

– Elle peut dormir avec moi, s'empressa-t-elle de proposer. Elle devrait, en tout cas. Si elle est dans une chambre toute seule, elle pourrait se réveiller en pleine nuit et venir me chercher. Elle risquerait de se perdre dans une maison qu'elle ne connaît pas.

– Je me perdrai pas, protesta Louann.

Mais elle paraissait satisfaite de la solution proposée.

– Montre-moi où on dort, Amy.

– Tu peux monter voir, c'est la première pièce en haut de l'escalier. Prends ton sac avec toi, dit Amy en désignant le sac près de la porte de la cuisine.

Une fois Louann partie, Amy ramassa le bol de sauce tomate.

– J'ai fini avec le fromage et la saucisse, dit-elle. Est-ce que je verse la sauce dessus ?

– Vas-y, répondit sa tante. J'ai mis une nappe sur la table de la salle à manger, avec des petites assiettes et des verres. J'allumerai le four dès que les filles arriveront.

– Je suis vraiment désolée de m'être comportée comme je l'ai fait... tout à l'heure, marmonna Amy. Je sais que tu n'es pour rien dans ce qui s'est passé.

– C'est vrai, je n'y suis pour rien.

Tante Clare s'approcha d'une fenêtre et, regardant le jour tomber d'un air pensif, elle poursuivit :

– Tu sais, Amy, Louann me fait de la peine, ce soir. Elle sait très bien qu'elle n'était pas invitée à ta fête, et elle est mal à l'aise, même si elle ne le montre pas trop. Elle est habituée à être entourée d'attention. Pendant que tu étais en haut, elle répétait sans arrêt qu'elle voulait rentrer à la maison. Je lui ai dit que tout irait bien, mais...

– Oui, tout ira bien. Ne t'inquiète pas. C'est seulement quand je l'ai vue ici alors que je ne m'y attendais pas…

– Je sais.

On entendit claquer une portière de voiture.

– Les voilà ! dit Amy, contente de cette diversion.

Elle courut dans l'entrée ouvrir à ses invitées.

Ellen et Cissie sortaient de la Buick des Kramer par la porte avant, tandis que trois filles s'échappaient par l'arrière en riant, dans un joyeux désordre. Mrs Kramer fit un signe de la main à Amy qui descendait l'escalier, et la voiture repartit.

– Joyeux anniversaire ! crièrent les filles en chœur.

La fête avait commencé.

*

* *

Comme Amy s'attendait à être malheureuse toute la soirée, il lui fallut un certain temps pour s'apercevoir que tout le monde s'amusait bien. Les filles s'installèrent rapidement sur le tapis du petit salon, avec des boissons à portée de main et, au centre du cercle, les chips accompagnées de leur sauce. Tante Clare fit une rapide apparition pour saluer tout le monde, et Louann s'assit en tailleur à côté d'Amy.

– Ma mère a dû s'absenter, expliqua discrètement Amy à Ellen, avant de s'adresser aux autres : Je suppose que vous connaissez toutes ma sœur, Louann.

Louann les regarda un moment sans rien dire.

– C'est super ! s'exclama Kathy Sells. Vendredi soir, avec une fête, et la semaine prochaine, finie l'école !

Elle trempa une chips dans la sauce et reprit :

– J'adore cette vieille maison, Amy. Tu as de la chance de pouvoir rester ici. C'est comme un décor de cinéma.

– Un décor pour un film d'horreur, ajouta Midge Anders. Si j'habitais ici, je chercherais des fantômes dans tous les coins.

Si seulement elle savait, se dit Amy.

– Quelqu'un va nous prédire l'avenir ? demanda-t-elle pour changer de sujet.

– Moi ! répondit Cissie, en sortant un jeu de cartes de son volumineux sac à dos. Et Kathy a les échantillons de maquillage de sa tante. Elle va nous montrer comment…

– Tes sourcils sont bizarres, déclara soudain Louann à Kathy, oubliant brusquement sa timidité. On dirait que tu as passé du crayon dessus.

Il y eut un silence embarrassé, et Amy se sentit rougir. Mais Kathy se contenta de sourire.

– Je sais que je ne l'ai pas bien mis. Mais laisse-moi un peu de temps, Louann. Ma tante me dit toujours : « N'en mets pas trop ». Comment je peux savoir ce que ça veut dire « trop » ?

Tout le monde rit, et Amy se détendit. Louann traversa le tapis à quatre pattes pour aller s'asseoir à côté de Kathy.

– Tu es jolie de toute façon, dit-elle. Et tu es gentille.

– Ah, merci. Moi, j'aime bien ton survêtement, Louann. C'est mon bleu préféré.

Louann hocha la tête.

– Oui, il est joli. Je l'ai choisi avec maman. Vous voulez voir la marionnette que j'ai fabriquée ?

– Ce qu'elles veulent, c'est manger... dans quelques minutes, dit tante Clare dans le hall. Tu veux m'aider, Louann ? Toi et moi, nous avons un travail important à faire.

Louann regarda les autres avec regret, mais fit ce qu'on lui demandait.

– Qui veut connaître son avenir ? demanda Cissie en étalant les cartes devant elle.

Sans attendre la réponse, elle désigna Ellen.

– Les héroïnes du jour d'abord. Viens par ici et assieds-toi devant la Grande Zorina.

Les cartes montrèrent qu'Ellen pouvait s'attendre à une année de grand bonheur. Un jeune homme blond allait entrer dans sa vie. (« Le vendeur de journaux sans doute », grogna Ellen.) Elle se ferait une très bonne amie. (« C'est toi, Amy ! ») Et elle réussirait tout ce qu'elle entreprendrait dans les deux prochains mois. (« Mon projet pour ces deux prochains mois, c'est de dormir tard tous les matins. Je serai une championne de la grasse matinée. »)

Amy venait de prendre la place d'Ellen devant la Grande Zorina quand Louann revint.

– La pizza est prête, annonça-t-elle. Je l'ai mise sur la table, Amy.

Les filles se levèrent en hâte.

– Une pizza ! C'est tout ce que je veux pour mon avenir, s'écria Carol Tekla.

Louann les conduisit dans la salle à manger.

– Tu t'assieds ici, Kathy, ordonna-t-elle. Je vais me mettre à côté de toi.

– Tu ferais mieux de te mettre à côté de moi, Louann, objecta Amy, mais Kathy prit la main de Louann.

– Toi et moi, on est copines, Louann, dit-elle. Après le dîner, je te maquillerai comme une actrice de cinéma.

– Pas les sourcils, dit Louann.

Elle parut étonnée de voir tout le monde rire.

Le reste de la soirée, elle ne quitta pour ainsi dire pas Kathy. *Kathy est vraiment formidable*, songea Amy. *Elle traite Louann comme une amie, pas comme une enquiquineuse. Pourquoi je n'y arrive pas ?* Mais bien sûr, se rappela-t-elle, Kathy n'avait pas Louann avec elle tous les jours. C'était plus facile d'être patiente une heure ou deux.

Tante Clare ne se montra pas pendant le repas, à part une ou deux fois, quand la voix de Louann couvrait toute autre conversation. À ce moment-là, elle apparaissait à la porte de la cuisine, regardait Louann d'un air sévère, et secouait très légèrement la tête. Chaque fois, la fillette se taisait. Elle semblait accepter ce rappel à l'ordre, dans la mesure où il était discret.

Quand les plats furent vides, les filles portèrent les assiettes à la cuisine. Amy mit une cassette en route et Kathy disposa ses échantillons après avoir recouvert la table de papier journal. Chaque invitée se présenta à tour de rôle devant le miroir pour la séance de maquillage (et se démaquilla rapidement après), puis Cissie ressortit ses cartes pour prédire l'avenir.

– Allez, Amy, à toi, cette fois. Tu ne veux pas savoir ce qui va t'arriver, maintenant que tu as treize ans ?

– Je n'en suis pas sûre, répondit-elle.

Et elle le pensait vraiment. Tant de choses étranges s'étaient passées récemment… Elle n'était pas certaine d'être prête à en apprendre davantage.

La Grande Zorina dit que l'homme dans la vie d'Amy serait grand et brun.

– Et tu vas faire une découverte importante. Quelque chose d'apparemment insignifiant, mais qui prendra de l'importance.

– Elle va trouver une bague en diamant, suggéra Midge.

– Ou une huître avec une énorme perle dedans, suggéra Carol.

– La maison de poupées ! cria Ellen. C'est la maison de poupées dans le grenier, Amy ! Cissie a dit : « quelque chose d'insignifiant qui prendra de l'importance ».

Elle se tourna vers les autres, les yeux brillants.

– Oh, il faut que vous la voyiez ! C'est l'exacte réplique de celle où nous sommes actuellement. Elle vaut sans doute des milliers de dollars.

– On ne peut pas aller là-haut ! déclara Amy d'un ton brusque, qui surprit toutes les filles. Tante Clare ne veut pas qu'on y touche, expliqua-t-elle. Elle a… comme l'a dit Ellen… elle a beaucoup de valeur.

– Oh, Amy, on ne la touchera pas, promit Ellen, rassurante. On n'a même pas besoin de l'ouvrir. Si tu préfères, on ne la regardera que de l'extérieur et on jettera un coup d'œil à l'intérieur à travers les fenêtres.

– Quelle maison de poupées ? demanda Louann. Où est la maison de poupées ? Je veux voir la maison de poupées, Amy.

Amy était accablée. Maudite Ellen. Elle aurait dû lui dire de ne pas parler de la maison de poupées pendant la soirée. Maintenant c'était trop tard. Même si les autres filles n'insistaient pas, Louann continuerait à la tanner.

– On ne peut pas…, dit-elle faiblement.

– On ne peut pas quoi ? interrompit tante Clare, qui venait d'entrer avec un bol de pop-corn au caramel dans chaque main. Voilà pour celles qui ont encore un petit creux… en attendant le gâteau. Qu'est-ce qu'on ne peut pas faire, Amy ?

– Leur montrer la maison de poupées. Ellen leur a dit…

– Je leur ai dit à quel point elle est belle, Miss Treloar, s'empressa d'expliquer Ellen, tout en prenant une poignée de pop-corn au caramel. Ça vous serait égal si on allait juste y jeter un coup d'œil, n'est-ce pas ? S'il vous plaît !

Tante Clare pinça les lèvres. Elle jeta un regard vers Louann, qui, debout, scrutait les coins de la salle à manger comme si la maison de poupées pouvait y être cachée.

– Bon, dit-elle sans enthousiasme. Si vous y tenez vraiment…

– Oh, oui, on y tient !

– Alors, allez-y. Emmène-les au grenier, Amy. J'ai changé l'ampoule cet après-midi. Et, *s'il vous plaît*, ne touchez à rien dans la maison.

– On ne touchera à rien, c'est promis, s'écria Ellen. Venez, tout le monde. Vous allez voir ça !

Sans enthousiasme, Amy suivit la petite troupe dans l'escalier. Ellen montait en tête, avec Louann sur ses talons, rouge d'excitation. Arrivée au fond du grenier, Ellen recula d'un pas et fit passer Amy devant.

– Il vaut mieux que ce soit toi qui retires le drap, Amy. Ta tante préférerait sûrement que personne d'autre ne s'en charge.

Amy était paralysée par la peur. Elle ne voulait pas découvrir la maison. L'idée de ce qu'elle pourrait trouver – un nouveau changement inexplicable – la terrifiait. Il lui fallut un énorme effort de volonté pour attraper le bout du drap et tirer. Elle entendit à peine les exclamations admiratives de ses amies.

– Regardez à travers les fenêtres, leur conseilla Ellen. Amy et moi avons mis les poupées autour de la table de la salle à manger, et on dirait vraiment des personnes réelles assises là. Oh, Amy, supplia-t-elle en s'agenouillant à ses pieds, ouvre la maison, juste pour qu'elles aient un petit aperçu. Ta tante ne dira rien… Quel mal ça peut faire, de toute façon ?

– Il vaudrait mieux pas.

– Je veux voir, supplia Louann. S'il te plaît, Amy, s'il te plaît ! Je veux voir à l'intérieur.

Amy souleva le loquet qui retenait la façade, et la paroi se rabattit. Les filles se rapprochèrent et se penchèrent. D'abord, elles restèrent sans voix, puis elles parlèrent toutes en même temps.

– La vieille horloge !

– Regardez les plats minuscules sur la table de la salle à manger !

– Et la cheminée avec des petites bûches et un tisonnier !

– Regardez la vieille baignoire d'autrefois !

Amy écarquilla les yeux. Le grand-père était dans la chambre, et la grand-mère dans le petit salon, dans les positions où elle les avait vus la fois précédente.

– Tu as déplacé la famille, Amy, fit remarquer Ellen. On les avait mis dans la salle à manger, tu te rappelles ? Où est la fille ? Celle qui est censée représenter ta tante ?

– Elle est dans la boîte, répondit Amy d'une voix blanche. Je les ai laissées…

Elle se tut, en pleine confusion, mais Ellen ne posa plus de questions.

Les filles regardaient l'intérieur de chaque pièce et repéraient toujours de nouveaux détails à admirer. Amy trouvait le temps long et il lui tardait de s'en aller. Les voyant prêtes à y passer le reste de la soirée, elle finit par leur dire :

– On ferait mieux de redescendre. Tu n'as pas fini de me prédire mon avenir, Cissie. Tu ne t'es occupée que d'Ellen. Et on va avoir le gâteau d'anniversaire.

Les filles se relevèrent, sauf Louann, qui semblait hypnotisée par le contenu de la maison.

– Si petit, chantonnait-elle. Si joli.

Avec une délicatesse dont Amy ne l'aurait pas crue capable, elle tendit le bras vers le petit salon et ramassa un minuscule fauteuil à bascule au siège brodé.

– Si petit, répéta-t-elle. J'adore cette maison de poupées.

Elle reposa le fauteuil et s'écarta pour laisser Amy refermer la façade.

– Au revoir, maison. Au revoir, poupées.

– Allez, viens, Louann, dit Kathy. Tu veux connaître ton avenir, toi aussi, non ?

Elles redescendirent en groupe, Ellen de nouveau en tête, et Amy, Louann et Kathy fermant la marche.

– Au revoir, maison, cria de nouveau Louann. Au revoir, poupées. Je dois aller me faire prédire mon avenir, maintenant.

Amy s'arrêta pour jeter un dernier coup d'œil vers la maison recouverte de son drap, avant de suivre les autres dans l'escalier. *Ce n'est qu'un jouet*, se disait-elle. Mais elle savait que c'était plus que cela. Les poupées qui bougeaient, la lumière... Tout cela était aussi réel que la maison elle-même. Et, comme personne d'autre n'en savait rien, c'était à Amy d'en découvrir la signification.

14

– Alors, qu'en pensez-vous ?

Tante Clare se tenait sur le perron avec Amy, Louann et Ellen tandis que la voiture des Sell démarrait. Elles leurs crièrent bonne nuit en agitant la main jusqu'à ce que les feux arrière aient disparu dans le virage et que la campagne retombe dans le silence de la nuit.

– Une super soirée ! répondit Amy.

– C'était formidable, Miss Treloar ! s'exclama Ellen. C'est vrai, j'ai eu les deux choses que j'aime le plus au monde : du pop-corn au caramel et de la pizza ! On s'est vraiment bien amusées.

– C'est bien ce que tu souhaitais pour ton anniversaire, Amy ? demanda tante Clare, en rentrant dans la maison.

Elle jeta un coup d'œil du côté de Louann, qui tenait une serviette en papier remplie du reste de pop-corn.

– C'était parfait, déclara Amy.

À part ces quelques minutes désagréables dans le grenier, elle avait adoré la fête. La présence de Louann n'avait fait aucune différence. Kathy s'était conduite avec elle comme avec tout le monde, et les autres filles avaient suivi cet exemple. Tante Clare leur avait rendu service aussi, en occupant Louann quand elle menaçait de monopoliser la conversation, et en lui faisant un signe de temps en temps pour qu'elle se calme.

Quand les derniers plats furent entassés dans l'évier, Ellen s'étira en bâillant.

– J'ai vraiment sommeil, tout à coup, dit-elle. Je vais me coucher et rêver au jeune homme blond qui doit entrer dans ma vie. Ce ne sera peut-être pas le vendeur de journaux, après tout.

– Il ne te convient pas, le vendeur de journaux ? demanda Amy, bâillant à son tour.

– Il a dix ans...

Les filles montèrent dans leurs chambres en riant, pendant que tante Clare restait en bas pour fermer la maison et éteindre les lumières.

– Vous vous levez quand vous voulez, leur cria-t-elle. Tu sais où sont les choses du petit déjeuner, Amy. Demain, je ne vais pas me bousculer.

Amy tombait de sommeil. Elle se déshabilla rapidement, souhaita une dernière fois bonne nuit à Ellen, et elle dormait presque quand Louann revint de la salle de bain et grimpa de l'autre côté du grand lit.

– Bonne nuit, Amy.

– Bonne nuit.

– J'aime bien Kathy. C'est mon amie. Elle m'emmènera au musée, un jour.

Amy enfonça la tête dans son oreiller.

– Je peux t'y emmener, moi, au musée. Je ne savais pas que tu avais envie d'y aller.

– Moi non plus, dit Louann, dont la voix commençait à faiblir. Kathy dit qu'ils ont des poupées au musée. Et aussi des maisons de poupées. J'adore les maisons de poupées…

Mais, déjà, elle dormait. Amy entendit sa respiration profonde et régulière. Fermant les yeux, elle essaya de calquer la sienne sur celle de Louann. *Je l'emmènerai à la bibliothèque*, se dit-elle. *On pourra chercher des livres sur les maisons de poupées.* Et elle s'endormit à son tour.

*

* *

L'horloge en bas sonnait deux heures quand Amy se réveilla. Le clair de lune inondait la chambre, comme le soir où sa tante était venue parler et lui avait fait si peur. Qu'est-ce qui l'avait réveillée, cette fois-ci ? Elle s'assit et regarda la porte, s'attendant à voir de nouveau bouger la poignée. Après un moment d'angoisse, elle se tourna du côté de Louann et s'aperçut que l'autre moitié du lit était vide. Louann avait disparu.

Amy se glissa hors du lit et tendit l'oreille. Si sa sœur était allée à la salle de bain, il était inutile de la suivre et de commencer une conversation qui réveillerait Ellen et tante Clare. Mais elle n'entendait aucun bruit de pas, et lorsqu'elle ouvrit la porte le couloir était sombre et la salle de bain aussi.

Elle s'avança jusqu'à l'escalier. Louann était-elle descendue boire un verre d'eau ?

Elle aurait dû me réveiller, songea Amy, contrariée. *Je lui ai bien dit de m'appeler si elle devait se lever.*

Un bruit, comme un soupir, la fit se retourner brusquement et regarder vers les ombres du corridor. La porte du grenier était ouverte, de quelques centimètres seulement, mais Amy eut soudain l'impression qu'elle s'ouvrait davantage. Elle sut alors avec certitude où était allée sa sœur.

– Zut, zut, zut !

Louann s'était réveillée et avait décidé de retourner voir la maison de poupées au milieu de la nuit. Elle savait très bien qu'Amy l'en aurait empêchée, alors elle était montée toute seule en cachette.

Il n'y avait pas d'autre choix que d'aller la chercher au grenier. Si tante Clare se réveillait et entendait quelqu'un bouger là-haut, elle serait furieuse. Amy devait ramener Louann au lit sans faire le moindre bruit.

Elle longea le corridor sur la pointe des pieds et se glissa dans l'entrebâillement de la porte. La lune éclairait la cage d'escalier d'une lumière argentée. Avec un peu de chance, elle pourrait faire redescendre Louann sans allumer la lampe. *Si j'ai de la chance*, se répéta-t-elle. *Et si*

Louann ne voit rien qui la panique... ce qui pourrait m'arriver à moi aussi !

Parvenue au milieu de l'escalier, Amy eut l'impression de revivre le cauchemar de sa visite au grenier vingt-quatre heures plus tôt. Il y avait les mêmes bruits : de légers grattements, comme ceux d'une souris, mais pas la moindre bestiole en vue. Avant d'atteindre la dernière marche, elle vit que la maison était ouverte, et le petit salon rempli d'une étrange lueur. Louann, à genoux devant la maison, observait, fascinée, la pièce éclairée.

Amy résista à l'envie de s'enfuir en courant. Elle ne pouvait pas repartir sans Louann. À pas de loup, elle traversa le grenier pour rejoindre sa sœur.

Louann leva les yeux.

– Regarde la poupée, dit-elle d'une voix beaucoup plus douce que d'habitude.

Amy regarda sans le vouloir. La grand-mère était toujours debout devant la bibliothèque, mais à présent elle avait un bras levé. Sous le regard ébahi d'Amy, un petit livre tomba de l'étagère, puis un autre. Et encore un autre. Ils glissèrent simplement des étagères et s'éparpillèrent aux pieds de la poupée.

– Les livres tombent, constata Louann. La pauvre poupée pleure.

Amy étouffa un cri. Elle avait entendu un sanglot sourd. Un son si désespéré qu'il lui donna envie de pleurer à son tour.

– Ce n'est pas la poupée qui pleure, murmura Amy d'une voix rauque. Ne sois pas bête.

Mais les pleurs venaient du petit salon.

– Lève-toi, Louann !

Incapable de refouler plus longtemps la panique, elle essaya de tirer Louann pour la forcer à se lever.

– Il faut sortir d'ici.

– Écoute la pauvre poupée, Amy. Pourquoi elle pleure ?

– Je ne sais pas ! *Je ne sais pas !* dit Amy.

Elle avait failli oublier de baisser le ton. Visiblement, Louann n'avait pas du tout peur. Elle se balançait sur ses talons, l'air ravi, comme si elle regardait un spectacle. Peut-être n'était-ce rien d'autre que cela : un spectacle, comme les marionnettes du centre commercial. Pas plus effrayant, pas plus magique, et tout aussi captivant.

La lumière dans le petit salon commença à diminuer. Les pleurs cessèrent.

– Ça devient sombre, constata Louann. Pourquoi, Amy ?

– Je ne sais pas, je te dis. Je ne sais rien.

Cette fois, Amy réussit à la faire lever.

– Marche sur la pointe des pieds, ordonna-t-elle. Tante Clare sera furieuse si elle découvre que tu es venue ici.

L'air un peu inquiet, mais sans plus, Louann se dirigea vers l'escalier.

Amy s'attarda un instant devant la maison sombre et silencieuse. Son cœur battait à tout rompre. Cette maison lui *parlait*, elle en était certaine, malgré la peur qu'elle lui inspirait. Mais que voulait-elle lui dire ? Le saurait-elle jamais ?

Les mains tremblantes, elle referma la maison de poupées et la recouvrit.

– Je vais essayer d'éclaircir ce mystère, murmura-t-elle.

À peine eut-elle tourné le dos pour suivre Louann, que, venant de la maison, un soupir se fit entendre.

15

Amy ne fut pas surprise de voir apparaître sa tante à la cuisine pendant qu'elle prenait son petit déjeuner avec Ellen et Louann. Elle était trop énergique pour rester au lit quand tout le monde était levé.

– Vous avez pris du jus d'orange ? Il y a aussi du jus de tomate, si vous préférez. Ou d'abricot. Amy, tu as fait assez de toasts ?

– On a tout ce qu'il nous faut. Je croyais que tu allais dormir tard, ce matin, plaisanta Amy.

– Je n'ai pas pu. J'ai beau dire que je le ferai, je me réveille toujours tôt. Dans mon dernier travail, poursuivit-elle avec nostalgie, j'étais debout tous les matins à six heures et demie pour avoir ma correspondance avec le métro. Le samedi et le dimanche, quand j'aurais pu dormir plus tard, je me réveillais à six heures trente précises comme d'habitude, et, pendant une demi-heure, je restais à fixer le plafond en essayant de me convaincre que je profitais de ce moment de repos. Je suis quelqu'un du matin, et il vaut mieux que je l'accepte. Vous avez pris des céréales ?

– Oui, et aussi des bananes, de la confiture d'orange, de la gelée de raisin et de la confiture de framboise...

Amy était particulièrement loquace ce matin. Depuis qu'elle était levée, elle n'avait fait que bavarder, rire, bousculer Louann, parler de la soirée avec Ellen... n'importe quoi pour ne pas penser à ce qui s'était passé dans le grenier pendant la nuit.

Tante Clare alluma la machine à café et fit griller une tranche de pain.

– Qu'allez-vous faire par cette belle matinée ? À part parler de qui a dit quoi à la fête, bien sûr ?

– Une randonnée aux Rainbow Falls, répondit Ellen avec enthousiasme. On devait y aller à vélo samedi dernier, mais ma tante et mon oncle sont arrivés de Chicago.

– Bonne idée.

Tante Clare jeta un regard interrogateur à Louann, qui était en train d'étaler une épaisse couche de confiture sur son toast.

– Louann vient avec nous, précisa Amy. Elle aime bien marcher... hein, Louann ?

Amy sentit, plus qu'elle ne le vit, l'air étonné d'Ellen.

– J'aime bien marcher, confirma Louann. Sinon, je voudrais monter regarder la pauvre poupée...

– On prendra des sandwichs, s'empressa d'ajouter Amy. Quelle sorte de sandwich tu veux, Louann ?

Elle était pressée d'emmener sa sœur dehors. Louann

savait qu'elle ne devait pas parler de la maison de poupées, mais la tentation était grande.

– Beurre de cacahouète et cornichons.

– Ellen ?

– N'importe.

– Eh bien, prenez ce que vous voulez, dit tante Clare. Elle semblait soulagée qu'il n'y ait pas de discussion à propos de ce que Louann ferait. Plus tard, quand Ellen fut montée avec Louann pour faire les lits, tante Clare continua à bavarder à la cuisine avec Amy, occupée à préparer le pique-nique.

– Tes amies sont vraiment gentilles avec Louann.

– Pas toujours. J'ai eu des amies qui étaient vraiment affreuses avec elle. Je pense qu'elle leur faisait peur. Mais Kathy Sells a été formidable hier soir, et au bout d'un moment tout le monde a suivi son exemple. Ellen aussi, je crois. Mais je continue à penser qu'Ellen a annulé notre balade à vélo samedi dernier à cause de Louann.

– Alors c'est particulièrement gentil de votre part d'emmener Louann avec vous aujourd'hui. J'espère que ce ne sera pas un poids pour vous.

Encore ce mot ! Amy se demanda pourquoi il l'ennuyait tant. Après tout, elle ne s'était pas gênée pour faire comprendre à sa tante que Louann avait bel et bien été un poids au centre commercial le vendredi d'avant. *Mais c'est ma sœur*, avait-elle envie de dire, *pas juste un fardeau.* Elle soupira. Ce n'était pas facile d'exprimer ce qu'elle ressentait. Elle-même ne parvenait pas à l'expliquer.

Ce n'est qu'une fois dehors, en marchant sur la route de campagne, qu'Amy se détendit. Un doux soleil lui chauffait les épaules et l'arrière des genoux, et un vent léger ébouriffait ses cheveux.

– C'est super, murmura-t-elle.

Maintenant elle espérait seulement que Louann oublierait ce qui s'était passé cette nuit...

– La pauvre poupée a pleuré, déclara Louann au même moment. Les livres sont tombés.

Louann n'oubliait jamais rien... sauf les consignes de silence.

– Quelle poupée ? Quels livres ? demanda Ellen en la regardant, étonnée.

– La poupée dans la maison du grenier. Elle n'arrêtait pas de pleurer.

Ellen se tourna vers Amy :

– Elle veut dire la maison de poupées ?

Amy hocha la tête. Dans son lit, ce matin-là, avant que les autres soient réveillées, elle s'était rendu compte qu'elle serait sans doute incapable de garder le secret pour elle toute seule. Surtout avec ce que Louann savait. Par ailleurs, elle sentait vraiment la nécessité d'en parler à une amie. Toute cette histoire devenait trop effrayante.

– Louann est montée au grenier, la nuit dernière, pendant que tout le monde dormait, commença Amy. Je me suis réveillée et je suis allée la chercher.

Aussi brièvement que possible, elle raconta à Ellen leur aventure, puis, poursuivant sur sa lancée, elle lui parla des évènements étranges qui s'étaient déroulés les soirs précédents.

– Je ne peux pas en parler à tante Clare, expliqua-t-elle enfin. Cette maison de poupées la met dans tous ses états. Elle était furieuse quand elle a cru que j'avais bougé les poupées pour mettre en scène les meurtres... Comme si j'en étais capable, conclut-elle en frissonnant.

– Mais il faudra que tu le lui dises, protesta Ellen, les yeux écarquillés. Elle est à elle, cette maison, après tout.

Amy secoua la tête. Elle prit Louann par la main et la fit avancer en l'attirant sur le bas-côté.

– Elle ne voulait pas me croire. En fait, je pense que le... fantôme...

Elle faillit s'étrangler en prononçant ce mot et poursuivit en vitesse :

– ... essaie de nous dire quelque chose. Quelque chose sur les meurtres, peut-être. Et tante Clare ne veut pas aborder ce sujet, ni même y penser. Si je ne cherche pas à savoir quel est ce secret, personne ne le fera.

– Un secret de fantôme ! s'exclama Ellen, les yeux brillants. Amy, c'est la chose la plus excitante dont j'aie jamais entendu parler. Pour donner des frissons, il n'y a rien de mieux ! Je ne vois pas comment tu pourrais garder ça pour toi. Qu'est-ce que tu vas faire ?

– Je ne sais pas. Ce matin, j'ai songé à en parler à mon père, mais il voudrait voir par lui-même, et ensuite tante Clare le saurait. Elle nous mettrait sans doute à la porte de la maison tous les deux.

– On devrait peut-être retourner à la bibliothèque et lire d'autres articles sur ces meurtres.

Amy haussa les épaules.

– J'ai le sentiment qu'on ne trouverait pas grand-chose. Peut-être qu'on peut…

Elle se sentit soudain fatiguée de penser à un problème qui semblait sans solution.

– On peut peut-être juste attendre de voir ce qui se passe… et maintenant oublier tout ça pour profiter de cette belle journée. Allez, viens ! Toi aussi, Louann ! La première qui arrive à l'entrée du parc !

Amy partit devant à toute vitesse. En un instant, Ellen l'avait rattrapée, tandis qu'elle entendait les pas plus lourds de Louann juste derrière. Elles atteignirent la grille du parc en même temps.

– Tu es… tu es bonne à la course, Louann, dit Ellen, haletante, en ralentissant. Et tu sais quoi ? Tu es la personne la plus courageuse que je connaisse. Je n'aurais jamais pu aller seule au grenier au milieu de la nuit.

Louann semblait ne pas comprendre.

– Pourquoi ? demanda-t-elle du ton le plus sérieux.

– J'aurais peur de rencontrer un fantôme.

– Moi, j'ai peur de personne. Et je peux courir.

Sur ce, elle s'élança en avant, laissant les deux autres loin derrière.

*

* *

C'était la journée idéale pour pique-niquer. Les trois filles barbotèrent au bord de la Rainbow River en lançant des bâtons au-dessus des cascades. Elles mangèrent leurs sandwichs sur un rocher plat dominant l'eau, et, l'après-midi, elles coururent après un Frisbee fêlé qu'Ellen avait trouvé sous un buisson.

– Ta sœur est vraiment rapide, dit Ellen.

Louann continuait à jeter le Frisbee et à courir après, alors même qu'Amy et Ellen s'étaient déjà écroulées sur l'herbe.

– Tu connais ces Jeux olympiques spéciaux... ceux pour les enfants comme Louann ? Elle devrait y participer.

Amy réfléchit.

– Je ne crois pas que ça plairait beaucoup à ma mère.

– Pourquoi ? Louann adorerait ça.

– Elle n'aime pas admettre que Louann est différente.

Amy n'avait pas très envie non plus de parler de ce problème.

– Notre pasteur croit aux fantômes, dit Ellen après un moment de silence.

– Comment le sais-tu ?

– Il a dit un jour... il a dit qu'il arrive parfois des choses qu'on ne peut pas expliquer. Et, si on voit quelque chose de ce genre, on devrait se dire qu'on a de la chance, et ne pas avoir peur, parce que la plupart des gens ne vivent jamais rien de tel. Moi, j'aurais peur, avoua-t-elle.

– Je parie qu'il aurait peur aussi, dit Amy. À mon avis, il ne penserait pas que c'est une chance d'être dans le grenier avec un fantôme qui pleure, des lumières qui s'allument et s'éteignent et des poupées qui bougent...

Elle se renversa en arrière, plissant les yeux face au soleil. À en croire les grandes personnes, tout pouvait servir de leçon !

À trois heures, elles rassemblèrent leurs affaires, laissant le Frisbee sur une table de pique-nique pour en faire profiter quelqu'un d'autre. La mère d'Ellen avait dit qu'elle serait chez tante Clare à quatre heures.

– On s'est bien amusées aujourd'hui ! s'exclama Ellen en quittant le parc. Quand nous sommes arrivés à Claiborne, je ne connaissais personne, et maintenant j'ai une super amie. Exactement ce qu'a dit Cissie lorsqu'elle me prédisait l'avenir. Je suis contente que ce soit toi, Amy. Toi aussi, Louann, tu es une bonne amie, ajouta-t-elle en se tournant vers la fillette.

Amy aurait aimé que leur journée s'arrête là. Mais, en arrivant devant la vieille maison, elles trouvèrent tante Clare assise sur la première marche en haut de l'escalier. Elle avait l'air sombre, le visage fermé, et elle hocha à peine la tête en réponse aux saluts des filles.

– Ta mère a appelé, Ellen. Elle va arriver, dit-elle d'un ton sec. Elle veut que tu te tiennes prête parce qu'elle est pressée. Tu as fait tes bagages ?

– Oui.

Ellen regarda Amy.

– Que se passe-t-il, tante Clare ? s'inquiéta Amy. Qu'est-ce qui ne va pas ?

Sa tante leur jeta un regard furieux.

– Je suis sûre que, si vous réfléchissez un peu, vous saurez très bien de quoi il s'agit. Nous en parlerons plus tard.

Sa voix tremblait de rage.

– Je vais chercher ma valise, dit Ellen.

Et elle se hâta de rentrer dans la maison.

– Mais je ne sais pas du tout de quoi il s'agit, insista Amy.

– Nous en parlerons après le départ d'Ellen, rétorqua sa tante d'une voix tendue. On a déjà beaucoup trop parlé devant les autres.

Elles restèrent assises en silence sur les marches du perron jusqu'à ce que le crissement des pneus sur le gravier annonce l'arrivée de Mrs Kramer. Ellen devait attendre et guetter derrière une fenêtre en haut, car, dès que la voiture tourna dans l'allée, ses pas résonnèrent dans l'escalier. Elle sortit sur la pointe des pieds et referma doucement la porte derrière elle.

– Merci pour cette belle soirée, Miss Treloar. C'était vraiment bien. À lundi, Amy.

Amy hocha la tête, trop contrariée pour parler.

– Au revoir, Louann. Au revoir, tout le monde.

Ellen sauta dans la voiture et partit.

– Comment as-tu osé ?

Ces mots tranchants sonnèrent le glas de la joyeuse détente qui avait marqué cette après-midi. Amy se retourna pour faire face à sa tante.

– Comment as-tu pu cancaner sur notre famille *devant toutes ces filles* ? Je ne peux pas te pardonner ça, Amy. Je t'ai dit quel effet ça me faisait quand tu mettais les poupées dans les pièces où ils avaient été tués, mais tu es quand même montée là-haut et tu as recommencé. Devant tout le monde ! Tu te fiches de ce que je ressens !

C'était donc ça. Tante Clare était allée au grenier et avait regardé dans la maison.

– Je suis montée pour ranger la couverture d'Ellen, et la maison était ouverte, comme tu l'avais laissée hier soir. Les poupées étaient de nouveau dans la chambre et dans le petit salon. Et le bureau… oh, Amy, c'était ça le pire ! Que faisais-tu ? Tu montais une pièce pour tes amies ? Je n'arrive pas à croire que tu sois si insensible.

– Le bureau ?

– Tu sais bien de quoi je parle ! Le bureau dans le petit salon avait été déplacé et mis devant la porte. Tu as dû lire ça dans les journaux que tu as parcourus avec Ellen à la recherche de détails macabres. Après que ma grand-mère est descendue au petit salon avec Paul, elle a poussé le bureau contre la porte pour tenter d'empêcher le tueur d'entrer. Ça ne l'a pas arrêté, mais elle a essayé. Le bureau est là, maintenant, devant la porte, là où tu l'as mis.

Cette fois, Amy se fâcha à son tour. Sa tante n'avait pas le droit de l'accuser ainsi sans lui donner une chance de s'expliquer.

– Ce n'est pas moi ! Je n'ai pas touché aux poupées après les avoir rangées dans la boîte l'autre soir. Tu étais là et tu m'as vue le faire. Et je n'ai pas touché non plus au bureau.

Tante Clare serra les poings, exaspérée.

– Amy, c'est affreux ! Pourquoi faut-il que tu me mentes ? Tu les as bougées, toi ou Ellen, il n'y a pas d'autre explication.

– Ne crie pas après Amy ! protesta Louann, debout au pied de l'escalier. Amy ne ment pas. Je ne t'aime pas !

– Et je n'aime pas qu'on me mente, répliqua sèchement tante Clare. Assieds-toi, Louann. Je parle à ta sœur.

– J'ai vu la pauvre poupée, cria Louann. J'ai entendu la poupée pleurer.

– Qu'est-ce que tu racontes ?

– La pauvre poupée...

Amy comprit ce qu'elle devait faire.

– Tante Clare, je n'ai pas déplacé les poupées quand j'étais là-haut la semaine dernière, et je ne les ai pas déplacées hier. Ellen non plus. Il se passe quelque chose de vraiment étrange dans cette maison de poupées. Le petit salon s'allume tout seul et les poupées changent de place. J'ai vu la grand-mère bouger. C'est vrai !

Elle évita le regard incrédule de sa tante et s'empressa de poursuivre :

– Cette nuit, Louann est montée là-haut, alors que tout le monde dormait, et je suis allée la chercher. La maison était de nouveau ouverte, et il y avait une lumière... Et, ajouta-t-elle en prenant une grande inspiration, on a entendu des pleurs venant du petit salon. Et des livres sont tombés des étagères, tout seuls. Je les ai vus !

– Les livres sont tombés par terre, confirma Louann dans le silence qui suivit.

Amy attendit, certaine que son histoire allait déclencher une nouvelle explosion de colère. Elle ne voulait pas en parler, mais sa tante l'y avait forcée. Le silence se prolongeant, elle leva les yeux et vit tante Clare, la tête enfouie dans ses bras, ses frêles épaules secouées par des sanglots.

Amy la rejoignit précipitamment en haut des marches et posa une main timide sur son bras.

– Pardonne-moi. Je ne voulais pas te le dire. Je n'avais pas du tout l'intention de t'en parler, parce que je savais que tu serais furieuse. Ne pleure pas, je t'en prie.

Tante Clare ne répondit pas. Peu à peu ses sanglots se calmèrent, mais elle ne releva pas la tête. Elle semblait avoir oublié la présence d'Amy et de Louann.

– Tante Clare ?

– Il vaut mieux que vous me laissiez seule un moment, dit-elle d'une voix étouffée.

Amy fit signe à Louann.

– On sera dans la maison. Viens, Louann.

Elles étaient dans l'entrée et se regardaient, l'air ahuri, quand tante Clare parla de nouveau.

– J'aimerais croire à ta bonne foi, dit-elle d'un ton las. Mais si tu dis la vérité… s'il y a une âme errante qui hante cet endroit, c'est encore pire. Parce que ça veut dire que ce que j'ai toujours soupçonné est vrai. Et ça, je ne peux pas le supporter.

16

Les rideaux de la fenêtre à l'ouest dansaient dans le vent lorsqu'Amy et Louann entrèrent dans leur chambre.

– Il va y avoir de l'orage, dit Amy.

Debout devant la fenêtre, elle observa les nuages qui s'amoncelaient au-dessus des arbres. Le ciel, de plus en plus sombre, semblait refléter son humeur.

– Rentrons à la maison, Amy, dit Louann, affaissée contre le pied du lit. Je veux rentrer maintenant.

– Impossible, il n'y a personne, chez nous.

– Ça m'est égal. Je veux rentrer.

– Je te dis que c'est impossible, répéta Amy. Maman et papa ne seraient pas contents si on passait la nuit seules à la maison, et tante Clare piquerait une crise.

– Elle s'en fiche, répondit Louann, d'un air boudeur. Elle ne nous aime pas. Et je ne l'aime pas.

– Maman a-t-elle dit quelque chose sur l'heure à laquelle elle rentrerait ?

Il y avait peu de chances que sa mère attende la fin du séminaire de son père, le dimanche. Après tout, elle l'avait accompagné juste pour que Louann soit à la soirée d'Amy. Peut-être reviendrait-elle en car le jour même.

– Je ne me rappelle pas, dit Louann. Appelle-la et dis-lui de revenir tout de suite.

Amy réfléchit.

– Je pourrais appeler pour voir si elle est à la maison.

Elle était prête à tout essayer. Elle n'avait pas plus envie que Louann de rester encore une nuit.

Elle descendit à pas de loup pour aller téléphoner. En passant, elle aperçut sa tante toujours recroquevillée sur la première marche du perron. Assise là toute seule, elle avait l'air d'une petite fille. Une petite fille effrayée.

Amy repoussa cette idée. Tante Clare en savait autant qu'elle, à présent, sur la maison de poupées hantée. Si elle refusait d'y croire, à qui la faute ? *J'ai fait tout ce que j'ai pu. Ce n'est plus ma responsabilité.*

Elle laissa le téléphone sonner une dizaine de fois, pour le cas où sa mère aurait été au sous-sol ou dans le jardin. Mais elle ne s'attendait pas vraiment à une réponse. Sa mère était sûrement à des kilomètres de là, en train de faire des courses ou de dîner avec son père à Madison.

– Ne te donne pas cette peine, Amy.

Surprise, Amy se retourna brusquement et vit sa tante debout dans l'encadrement de la porte.

– Ce n'est pas la peine d'appeler, Amy. Je ne veux pas que tu partes… en tout cas, pas tout de suite. Il faut d'abord essayer de mettre de l'ordre dans toute cette histoire.

Elle avait le teint pâle et les traits figés, mais sa voix était ferme et décidée.

– De toute façon on ne peut pas rentrer, dit Amy. Il n'y a personne à la maison.

– Naturellement. Allons à la cuisine faire des cookies. Je veux te parler, et autant faire en même temps quelque chose de constructif. Où est Louann ?

– En haut, dans notre chambre.

– Je lui ai fait de la peine, n'est-ce pas ? Et à toi aussi. Je suis désolée. Tu veux bien monter et lui demander de venir ? Dis-lui que j'ai arrêté de crier.

– Elle ne viendra pas... pas avant d'en avoir envie.

Désarçonnée par ce changement d'humeur et se demandant ce qui allait se passer ensuite, Amy suivit sa tante à la cuisine.

À peine la lumière allumée, la pièce se transforma en un havre de paix face à l'orage qui commençait à gronder au-dessus de leurs têtes.

– Pépites de chocolat ?

Sans attendre la réponse, tante Clare se mit à sortir les ingrédients. Amy s'enfonça dans un fauteuil, ne sachant toujours pas ce qu'on attendait d'elle.

– Je ne vais pas parler de la maison de poupées, déclara tante Clare d'un ton ferme. J'y ai beaucoup pensé, et je présume que tu crois avoir dit la vérité. Donc j'ai eu tort de t'accuser de mentir. J'espère que tu me pardonneras.

Je sais, j'ai un fichu caractère. Mais je veux que tu saches pourquoi je déteste qu'on me rappelle ce qui s'est passé dans cette maison. En fait, Amy...

Elle se détourna pour verser des pépites de chocolat dans une tasse graduée.

– ... je suis certaine que c'est mon fiancé, Tom Keaton, qui a tué mes grands-parents.

– Oh ! lâcha Amy, comme si elle avait reçu un coup dans l'estomac.

– Tom avait dix ans de plus que moi. Il était impétueux, insouciant, charmant... et plein d'attrait pour une jeune fille de dix-huit ans qui n'avait pratiquement rien vu du monde. Mes grands-parents ne l'avaient rencontré qu'une fois – je t'en ai parlé – et ils ont décidé que je devais immédiatement cesser de le voir. Il était ivre le jour où il est venu. J'ai trouvé ça vraiment injuste qu'ils se basent sur cette seule impression pour prendre une telle mesure, et décider ainsi de tout mon avenir. Entre-temps, il m'avait déjà demandé de l'épouser, et j'avais dit oui.

– Oh, tante Clare...

– Laisse-moi continuer tant que j'en ai le courage. Tu pourras mettre les cookies au four si tu veux... J'étais furieuse contre grand-père et grand-mère. Je leur ai dit cent fois, mille fois, que je ne voulais pas être traitée comme une gamine. C'est pour ça, j'imagine, que je méprisais la maison de poupées. J'étais presque adulte quand ils me l'ont offerte, et ma grand-mère a insisté pour qu'elle reste dans ma chambre pendant trois ans.

Alors que j'étais une femme de dix-huit ans, amoureuse d'un homme plus âgé qui disait qu'il m'aimait, j'avais encore une maison de poupées dans ma chambre !

Tante Clare avait la voix qui tremblait.

– Ça paraît incroyable, à présent, qu'une question comme celle-là ait pris tant d'importance pour moi. Mais c'est bien ainsi que les choses se sont passées. J'ai boudé et tempêté pendant des mois, et je n'ai jamais cessé de voir Tom. Mes grands-parents s'en doutaient, mais ils ne pouvaient pas m'en empêcher. Je disais que je sortais avec d'autres amis, et puis j'allais le retrouver quelque part. Ou bien je sortais de la maison en cachette quand tout le monde dormait. Grand-père m'a surprise un jour, mais il n'en a pas parlé à grand-mère. Elle n'était pas en bonne santé – elle avait une arthrite qui la faisait beaucoup souffrir – et il ne voulait pas lui causer davantage de soucis.

Amy allait et venait à travers la cuisine d'un air absent, posant les plaques de cookies sur la table, rinçant les tasses et les cuillères quand sa tante n'en avait plus besoin. À un moment donné, elle aperçut Louann debout près de la porte, en train d'observer et d'écouter.

– Peu à peu, j'ai compris que mes grands-parents avaient raison à propos de Tom. Il buvait beaucoup, et quand il buvait il ne se contrôlait plus. Il piquait des colères pires que les miennes. Il me faisait peur, mais j'étais trop têtue pour admettre que je m'étais trompée à son sujet. Plus ils tentaient de me garder à la maison, plus ils me traitaient comme une prisonnière, plus j'étais décidée à être avec lui. Bientôt il s'est mis à insister pour qu'on se marie rapidement. Quand j'ai essayé de le dissuader, il a accusé mes grands-parents de m'influencer, et un après-midi il m'a dit qu'il allait venir à la maison s'expliquer avec eux. Je ne l'ai pas cru. Il était ivre, il divaguait, j'étais sûre que ce n'étaient que des paroles. Je suis allée au cinéma avec des amies pour me changer les idées. C'est ce soir-là qu'ils ont été tués.

Plus tard, quand Amy pensait à sa tante, elle se souvenait d'avoir regardé les cuillérées de pâte faire *floc* dans le moule de cuisson en rangées bien alignées. Le bruit familier de la cuillère raclant le bol rendait les paroles de sa tante d'autant plus effrayantes.

– Je suis rentrée du cinéma et j'ai trouvé la porte d'entrée ouverte. La porte du petit salon était à demi fermée, et quand je l'ai poussée quelque chose m'a empêchée de l'ouvrir complètement. J'ai jeté un coup d'œil à l'intérieur et j'ai vu le bureau... et j'ai vu grand-mère étendue devant l'âtre... le sang... J'ai monté l'escalier quatre à quatre, et trouvé grand-père étendu en travers du lit dans leur chambre. Paul... Paul n'était nulle part ! J'ai tout de suite pensé que Tom était venu et les avait tous tués. Et c'était ma faute !

– Qu'est-ce que tu as fait ?

La question murmurée par Amy fut quasiment couverte par un coup de tonnerre.

– Je suis sortie de la maison à toute vitesse. Le voisin le plus proche était à plus de cinq cents mètres, mais je n'ai jamais pensé à utiliser le téléphone. Tout ce que je voulais, c'était m'enfuir ! De toute façon, quand la police est venue, ils ont trouvé les fils coupés, alors je n'aurais pas pu appeler.

Tante Clare glissa les plaques de cookies dans le four. En se retournant, elle vit Louann et lui fit signe de venir.

– Tu arrives juste à temps, Louann. On aura des cookies et du lait dans une dizaine de minutes.

Louann, l'air maussade, s'assit et s'accouda à la table, le menton sur ses mains. Amy s'installa à côté d'elle, et tante Clare prit une chaise en face.

– La police a trouvé Paul, votre père, endormi dans le placard à bois du petit salon. Il n'a rien pu leur dire. Ils ont conclu que le meurtrier avait dû entrer par effraction dans la chambre de nos grands-parents. Il a tué grand-père, et grand-mère est sortie de la chambre en courant. Elle a empoigné Paul, l'a arraché de son lit et l'a emmené en bas au petit salon. Comme les lignes du téléphone étaient coupées, et que son arthrite l'empêchait de courir, elle a fait la seule chose qui lui soit venue à l'esprit. Elle a caché Paul dans le placard avant de pousser le bureau contre la porte pour faire barricade. Mais Tom... le meurtrier... était trop fort. Il a réussi à entrer et l'a tuée. Ensuite il a parcouru la maison, en vidant les tiroirs, sortant les affaires des placards, et mettant tout sens dessus dessous.

La voix de tante Clare s'assourdit, et pendant quelques instants personne ne parla. Puis Amy suggéra timidement :

– Ce n'est peut-être pas ton fiancé qui l'a fait. Si des choses ont été volées, ça pourrait être n'importe qui. Un cambrioleur...

– Tom aurait été assez malin pour camoufler ça en cambriolage. Et je sais qu'il possédait un revolver. Je ne pense pas qu'il était venu avec l'intention de les tuer. Il voulait sans doute leur faire peur. Mais, quand il est apparu dans leur chambre, ils ont dû lui dire ce qu'ils pensaient de lui sans mâcher leurs mots. C'est ce qu'aurait fait grand-mère, j'en suis sûre. Et il est devenu fou ! Cette scène, je l'ai imaginée mille fois, minute par minute. Au point que j'ai parfois l'impression de l'avoir vécue moi-même.

Elle soupira, observa le visage des filles, et poursuivit :

– Je parle trop. Mais je veux que vous sachiez ce qui s'est passé… Plus tard, le lendemain – la maison était pleine de policiers et d'amis de mes grands-parents –, je me suis rendu compte que quelque chose d'autre n'allait pas. Les gens me regardaient en murmurant. Finalement, quelqu'un m'a dit qu'il y avait eu un accident de voiture et que Tom était mort. Il conduisait à grande vitesse sur une route au nord de la ville, et il avait heurté un arbre. Personne ne savait que nous étions fiancés, je n'avais jamais osé l'annoncer. Mais des rumeurs avaient couru et tout le monde savait que nous étions proches. J'imagine que la police s'est demandé s'il y avait un lien entre les deux tragédies, mais des amis de Tom ont témoigné qu'il avait passé toute la soirée avec eux. On en est resté là. La police a conclu au « meurtre commis par un ou des inconnus ». Et j'étais la seule personne qui devinait la vérité.

La sonnerie du minuteur fit sursauter Amy et Louann. Tante Clare se leva et ouvrit le four.

– Parfait. Il y a quelque chose de rassurant dans la cuisson au four. Il suffit de bien suivre les instructions pour avoir toutes les chances de réussir.

Elle sortit les plaques du four et les mit à refroidir sur des dessous-de-plat. Puis elle alla au réfrigérateur, remplit trois grands verres de lait et reprit son récit :

– Dès que j'ai pu m'en aller, et une fois certaine qu'il y aurait quelqu'un pour s'occuper de Paul, je suis partie pour Chicago à la recherche d'un travail. Je ne voulais plus jamais revoir Claiborne ni entendre parler de ce qui s'était passé ici.

– Mais tu es revenue quand même, s'étonna Amy. Je ne crois pas que je l'aurais fait à ta place.

– Je n'avais pas tellement le choix. Même après avoir quitté Claiborne, je n'arrivais pas à oublier. Je me sentais terriblement coupable. L'idée que grand-père et grand-mère étaient morts à cause de moi me rendait pratiquement folle. J'ai fini par trouver du travail, mais six mois plus tard j'ai été virée. J'avais d'horribles maux de tête qui m'obligeaient à m'absenter, et des moments de mauvaise humeur que je ne pouvais pas contrôler. J'ai trouvé un autre travail, et la même chose s'est produite. Ça n'a jamais vraiment cessé. Ces explosions de colère sont plus espacées maintenant, mais les mauvais moments n'ont pas disparu. Je rêve tout le temps de cette maison et de ce qui s'est passé ici. Il y a deux mois, après une longue période d'insomnies, j'ai eu une dispute avec mon patron… et je me suis retrouvée une nouvelle fois sans emploi. À peu près à la même époque, ton père m'a écrit, me suppliant de prendre le temps de venir m'occuper de la maison pour la mettre en vente. Je n'avais nulle part ailleurs où aller, rien d'autre à faire. Je me suis dit que, si je revenais et débarrassais cette vieille maison de tous ses souvenirs, je pourrais repartir à zéro…

Elle détacha les cookies de la plaque avec une spatule, pour les déposer un à un sur une assiette, et poursuivit d'un ton flegmatique :

– Et me voilà en train d'effrayer mes deux nièces avec tous les horribles détails que je voulais oublier… et avec une maison de poupées hantée dans le grenier. Je ne supporte pas l'idée que mes grands-parents ne puissent dormir en paix.

Elle sourit d'un air las en regardant Amy. Louann mordit dans un cookie.

– Miam, dit-elle en se léchant les babines. Tu fais des bons cookies, tante Clare. Je crois qu'on peut rester ici ce soir.

Tante Clare rit et lui toucha le sommet de la tête d'un geste affectueux.

– Merci, ma Louann. J'avais besoin de ça.

Le téléphone sonna, et Amy se leva d'un bond pour aller répondre. Elle n'était pas fâchée de quitter la cuisine un moment. *C'est vraiment triste*, se dit-elle, oubliant sa colère contre tante Clare une demi-heure plus tôt. *Pas étonnant qu'elle soit de mauvaise humeur parfois. Cette horrible soirée a gâché toute sa vie.*

Amy décrocha. C'était sa mère au téléphone.

– Je suis toujours à Sun Prairie, dit-elle, d'une voix fatiguée. Ces dernières vingt-quatre heures ont été difficiles, ici. John est très malade, mais les médecins sont plus optimistes maintenant qu'ils l'étaient hier soir.

– John ?

Amy avait l'impression de revenir de très loin. John était le mari de Barbara. Et il était bel et bien malade ? Sa mère n'avait donc pas inventé cette histoire d'urgence, finalement ?

– Il a été opéré hier soir. Barbara est quasiment en état de choc.

– C'est affreux. J'espère qu'il va s'en sortir.

– Moi aussi. Oh, Amy, reprit sa mère, d'un ton plus chaleureux, je suis désolée pour hier soir... Oui, vraiment. Je sais que tu voulais que ce soit ta fête à toi, et que je vous ai imposé Louann, à Clare et toi... Mais je n'avais pas d'autre solution. Barbara a deux enfants tout petits, qui ne m'ont pas laissée tranquille une minute pendant qu'elle était à l'hôpital avec John.

Amy fut tentée de présenter des excuses à sa mère, mais elle ne le fit pas.

– On s'est super bien amusées hier soir, dit-elle, sachant que ce serait la meilleure façon de la mettre à l'aise. Louann a été très sage. C'était vraiment une belle fête.

– C'est merveilleux ! Tu n'imagines pas comme je suis soulagée.

Toute trace de fatigue avait disparu dans sa voix.

– Quand seras-tu à la maison ?

– Je viens de parler à ton père au téléphone. La mère de Barbara pense rentrer demain après-midi de Californie, et elle se chargera des enfants. À moins que quelque chose d'imprévu ne survienne d'ici là, papa et moi serons de retour demain soir. Et toi ? ajouta-t-elle après une pause.

– Quoi, « et moi » ?

Amy ne comprenait pas.

– Quand reviendras-tu habiter à la maison ?

Tout de suite ! eut-elle envie de crier dans le téléphone. Elle se voyait à table avec sa famille pour le dîner, puis dans son lit et sa chambre à elle.

– Je ne sais pas, dit-elle. Bientôt.

Elle ne pouvait pas faire mieux. Elle savait que sa mère était déçue. Mais il lui était impossible de partir maintenant, juste après les confidences de sa tante. Plus que jamais, elle devait découvrir le secret de la maison de poupées. S'il était de ceux qu'on peut découvrir.

17

L'orage tonnait autour de la maison. Un éclair fit se dresser Amy dans son lit, juste au moment où les premières gouttes de pluie tombaient sur le toit avec un bruit sourd.

– Amyyy ! Amyyy !

Le cri affolé de Louann, roulée en boule dans son lit, fut étouffé par le drap qu'elle avait tiré au-dessus de sa tête.

Le coup de tonnerre qui suivit fit vibrer le grand lit. Amy se voulut rassurante :

– Il n'y a pas de quoi avoir peur.

– Si. C'est pire que le tonnerre chez nous, Amy.

– Non, pas du tout.

Mais Louann avait raison. Chez elles, il y avait d'autres gens et d'autres maisons à côté ; ici, à la campagne, la maison était isolée. *Comme si cette nuit ne s'annonçait pas déjà assez effrayante sans orage !* songeait Amy.

Réveillée depuis une heure, elle pensait à ce qu'elle avait à faire. La maison de poupées essayait de lui dire quelque chose, et, même si elle n'avait aucune envie de retourner au grenier, elle savait qu'elle le devait.

– Ne t'endors pas, Louann, chuchota Amy. Nous allons faire quelque chose dans un instant… Il faut juste laisser à tante Clare le temps de s'endormir.

Le drap s'abaissa légèrement, et dans l'éclair qui suivit Amy vit Louann qui la regardait.

– Je ne peux pas m'endormir quand j'ai peur. Qu'est-ce qu'on va faire ?

– On va monter au grenier regarder la maison. L'observer. Voir s'il se passe quelque chose de nouveau.

– Non.

Le drap remonta aussitôt.

– Pourquoi ?

– Le tonnerre. Je n'aime pas le tonnerre, Amy.

Au même moment retentit un nouveau claquement assourdissant, et Louann gémit.

Amy était déçue. Elle comptait sur la compagnie de sa sœur ; ça aiderait d'être avec quelqu'un que n'effrayaient ni des poupées qui bougeaient ni une maison de poupées qui s'allumait toute seule. Mais, si Louann devait crier à chaque coup de tonnerre, elle ne serait d'aucune aide.

Amy se glissa hors du lit et entrouvrit la porte de la chambre. Celle de sa tante était fermée. Louann jeta de nouveau un coup d'œil par-dessus le drap :

– Elle dort, tante Clare ?

– Je crois. Elle a dit que, comme elle ne se sentait pas fatiguée, elle prendrait un somnifère. Ça doit faire son effet maintenant.

Amy trouva ses pantoufles sous le lit et les enfila.

– Je monte au grenier, Louann. Reste sous tes couvertures et ferme bien les yeux, comme tu fais à la maison. Tout ira bien.

Il y eut un léger reniflement. Puis les couvertures se soulevèrent brusquement.

– Je vais avec toi.

– Tu n'es pas obligée. Le tonnerre sera plus fort là-haut.

– Tant pis. Je veux être avec toi.

Elle sortit du lit et attrapa la main de sa sœur.

Amy se sentait mieux. Pendant qu'elles avançaient, Amy en tête, les éclairs illuminaient la fenêtre au bout du couloir et le tonnerre ébranlait les vitres. Louann tremblait.

Quand elles ouvrirent la porte du grenier, l'obscurité était impressionnante.

– Trop noir, gémit Louann. Allume la lumière, Amy.

Amy l'attira dans l'escalier.

– Les éclairs nous aideront à voir, murmura-t-elle. On a besoin de l'obscurité... Si la lumière s'allume dans la maison de poupées, il faut qu'on voie quand ça se produit.

Tout en montant l'escalier, Amy restait à l'affût des autres bruits entre les coups de tonnerre... comme les petits bruits provenant des poupées. Quand elles atteignirent la dernière marche, un éclair illumina le grenier. La maison de poupées était ouverte.

– Marche sur la pointe des pieds, ordonna Amy. Il ne faut pas réveiller tante Clare.

– D'accord.

Louann serra la main d'Amy plus fort et se laissa conduire à travers le grenier. Elles s'agenouillèrent devant la maison de poupées et attendirent.

La pluie tambourinait sur le toit au-dessus d'elles. Peu à peu les éclairs s'espacèrent, mais le tonnerre continuait à gronder toujours aussi fort. Au bout d'un certain temps, qui lui sembla interminable, Amy changea de position ; elle commençait à avoir des fourmis dans un pied.

Puis, presque imperceptiblement, le petit salon de la maison de poupées devint plus facile à voir.

– Ça commence ! souffla Amy.

Elle apercevait les meubles de la petite pièce, le canapé, les chaises à haut dossier, et le bureau poussé contre la porte fermée. La grand-mère était debout face à la bibliothèque comme avant, le bras levé.

– Pauvre poupée, murmura Louann.

Elle venait d'entendre un bruit qui avait échappé à Amy à cause de la pluie.

Quelqu'un pleurait de nouveau ! Du côté du petit salon. Des sanglots doux et déchirants. Soudain la grand-mère bascula en avant, et resta là, penchée, sa minuscule main de porcelaine posée sur un livre, sur l'étagère.

Amy étouffa un cri. Jusque-là, une partie d'elle-même continuait à croire que cette histoire de maison hantée pouvait être le produit de son imagination. Jusque-là, elle *pensait* avoir vu les poupées bouger ; elle *pensait* qu'elles étaient capables de bouger toutes seules. Mais, cette fois, elle était assise en face du petit salon, et elle voyait tout cela arriver *sous ses yeux*.

– Amy ? dit Louann en regardant par-dessus son épaule. Quelqu'un monte l'escalier.

Amy se retourna.

– Tante Clare, c'est toi ?

Elle reconnaissait à peine sa voix tellement elle tremblait.

– Tante Clare ?

Les pas continuaient. Lourds. Traînants. Pas du tout la démarche légère et rapide de sa tante.

– Amy, c'est dans la maison de poupées, dit Louann, étonnée. Quelqu'un marche dans l'escalier de la maison de poupées.

Elle se pencha en avant et tendit l'oreille.

– Quelqu'un *descend* l'escalier de la maison de poupées. Mais je ne vois personne.

Amy passa un bras autour des épaules de sa sœur. Les pas s'arrêtèrent, et les sanglots devinrent de plus en plus forts et désespérés. La poupée près de la bibliothèque pivota lentement, juste au moment où quelque chose de lourd cognait contre la porte du petit salon.

– Oh, non !

Amy tenta de se relever mais n'y parvint pas. Ses jambes ne la portaient plus. Tout s'embrouillait dans sa tête. Elle était venue au grenier pour découvrir le secret de la maison de poupées, mais elle ne voulait pas voir ça. Pas un meurtre !

Les sanglots étaient tout autour d'elles, à présent. La porte du petit salon tremblait sous les coups d'un agresseur invisible. Louann se leva d'un bond.

– Viens, Amy. Je veux plus rester ici.

Un dernier coup, plus fort que tous les autres, ébranla la porte, qui s'ouvrit brusquement, repoussant le bureau sur le côté. Un cri perçant emplit le grenier.

Amy regarda, effarée, la porte béante, la grand-mère acculée à la bibliothèque, et, la panique lui donnant des forces, elle se releva à toute vitesse. Les deux sœurs traversèrent le grenier précipitamment et dévalèrent l'escalier quatre à quatre. Au moment où elles ouvraient la porte en bas et déboulaient dans le couloir, un roulement de tonnerre fit trembler toute la maison.

– Tante Clare, hurla Amy.

– Maman ! cria Louann.

Et elles entrèrent en trombe dans la chambre de leur tante, comme si le tueur en personne était juste derrière elles.

18

– Quoi ? Qu'est-ce qu'il y a ? s'écria tante Clare, abasourdie.

Un éclair emplit la chambre d'une lumière bleue et, en clignant des yeux, elle aperçut les deux silhouettes cramponnées l'une à l'autre au pied de son lit.

– Qui est là ? Que se passe-t-il ?

– Dans le grenier... on a v-vu...

Le tonnerre couvrit le bégaiement d'Amy.

Tante Clare alluma une lampe et s'assit sur le bord du lit.

– Une minute, ordonna-t-elle, d'une voix moins énergique qu'à l'accoutumée. (La pilule l'avait fait dormir malgré l'orage, et, manifestement, elle avait quelque difficulté à émerger.) Comment ça ? Vous êtes retournées au grenier ?

– Il le fallait ! répondit Amy, la voyant pincer les lèvres. On l'a fait pour toi, tante Clare. Ne sois pas fâchée. On a vu... *on a vu...*

Mais les mots ne venaient pas.

Tante Clare attrapa sa robe de chambre.

– Je ne suis pas fâchée, Amy… C'est juste que je ne comprends pas ce que vous essayez de me dire. Grands dieux, quel orage ! Descendons. Je vous entendrai peut-être mieux en bas.

Docilement, les filles la suivirent dans le corridor. Amy jeta un rapide coup d'œil vers la porte du grenier ; elle était fermée. *Je ne retournerais pas là-haut pour tous les secrets du monde*, se dit-elle.

Accompagnées par les éclairs qui illuminaient leur chemin et par les grondements de tonnerre, elles entrèrent dans la cuisine à la queue leu leu.

– Je vais faire du chocolat, dit tante Clare. Ça vous calmera.

Elle mélangea le chocolat, le sucre et le lait tandis que les filles restaient blotties près de la porte.

– Vous l'avez peut-être remarqué, je crois profondément aux pouvoirs apaisants d'un petit en-cas. Bien que, naturellement, les médecins déconseillent le recours à la nourriture comme réconfort. D'après ma propre expérience, le chocolat, ça marche toujours. Les cookies aux pépites de chocolat sont très utiles. Le caramel également. Et aussi le cacao.

Tout en bavardant, elle jetait un coup d'œil de temps à autre du côté des filles.

– Je vais tirer les stores, si vous voulez… L'orage fait paraître les choses bien pires qu'elles ne le sont réellement…

Les mots tournoyaient autour d'Amy et lui passaient au-dessus de la tête. *Si seulement mes jambes pouvaient arrêter de trembler*, se disait-elle. *Si je n'avais pas la gorge si serrée, cette sensation si bizarre dans la poitrine...*

Tante Clare renonça à toute tentative de conversation.

– Vous feriez mieux de vous asseoir toutes les deux avant de tomber, suggéra-t-elle.

Amy s'approcha de la table et Louann fit de même.

Juste à ce moment-là, un coup de tonnerre éclata au-dessus de la maison, ébranlant la vaisselle dans les placards. La pièce fut plongée dans le noir, et Louann poussa un hurlement de terreur.

– Zut ! Restez où vous êtes, les filles. Il y a une vieille lampe à pétrole sur une étagère en haut du placard. Je vais la prendre tout de suite.

Amy aurait été incapable de faire un pas si elle l'avait voulu. Avec les lumières éteintes, la frayeur qu'elle avait éprouvée dans le grenier revint en force. À côté d'elle, Louann sanglotait, sa panique augmentant à chaque coup de tonnerre. Amy la prit par l'épaule et l'attira contre elle.

– Voilà ! dit tante Clare.

Une allumette s'enflamma et une belle lumière jaune éclaira la cuisine. Tante Clare augmenta la flamme de la lampe.

– C'est mieux comme ça, non ?

Elle prit le pot sur la cuisinière et versa le chocolat dans des tasses.

– Allons, ne pleure pas, Louann. Bois un bon chocolat chaud et dis-moi ce qui t'a fait si peur. Encore des fantômes, Amy ?

Malgré la légèreté du ton, Amy sentit la tension derrière les mots. On touchait de nouveau à un sujet dangereux. Il n'y avait pas moyen d'y échapper.

Amy prit une gorgée de chocolat et essaya de ne pas regarder l'obscurité derrière la lampe.

– On a vu une poupée bouger, commença-t-elle prudemment. Toute seule. Et on a entendu des trucs, aussi.

Comme sa tante ne l'interrompait pas, elle décrivit ce qui s'était passé dans le grenier quelques minutes plus tôt.

Tante Clare la regardait avec gravité.

– Tu es sûre, Amy ? Tu n'as pas pu imaginer ces sanglots et ces pas ?

– Oh non !

– Toi aussi, tu les as entendus, Louann ?

– Et il y avait tout le temps du tonnerre, dit Louann, sentant manifestement qu'Amy avait oublié quelque chose d'important. Exactement comme maintenant.

Pour elle, l'orage restait la partie la plus effrayante de la soirée.

Tante Clare se pencha en avant, le menton appuyé sur ses mains. Elle avait les traits tirés.

– Alors c'est vrai, dit-elle finalement. Il y a vraiment quelque chose là-haut… de la colère et de la haine, après toutes ces années.

– Qu'est-ce que tu veux dire ? demanda Amy.

– S'il y a un esprit qui hante cette demeure, dit sa tante d'une voix lente, je suis sûre que c'est celui de notre grand-mère. C'était elle la plus forte, celle qui détestait tellement Tom et me méprisait pour l'amour que je lui portais. Maintenant elle veut me faire souffrir parce que je l'ai introduit dans leur vie... et que j'ai causé leur mort.

Sa voix se brisa.

– Peut-être pas, protesta Amy, tout en pensant que sa tante avait sans doute raison. Peut-être que ce n'est pas ça. Il se peut... il se peut que le fantôme essaie de nous dire quelque chose d'autre... quelque chose sur les livres du petit salon, poursuivit-elle, l'idée prenant forme à mesure qu'elle parlait. La nuit dernière, la grand-mère était là, dans le petit salon, et les livres ont commencé à glisser des étagères. On ne comprenait pas ce que ça voulait dire, et alors... alors, ce soir, elle s'est penchée en avant et les a touchés... d'abord un et puis un autre. Tu crois que peut-être...

Elles se regardèrent, les yeux écarquillés. Tante Clare se leva et prit la lampe.

– On peut le découvrir, dit-elle avec détermination. Je le regretterai peut-être, mais il faut qu'on aille voir, non ?

– Voir quoi ? demanda Louann, serrant sa tasse de chocolat entre ses mains.

– Les livres du petit salon, expliqua Amy. L'esprit de la grand-mère Treloar se servait peut-être de la poupée pour nous dire qu'il y a quelque chose de caché derrière les livres. Viens, Louann. On fermera les rideaux du petit salon pour que tu ne voies pas les éclairs.

Louann se leva à contrecœur. La petite procession traversa le hall, tante Clare en tête avec la lampe. En entrant dans la pièce, Amy frissonna, saisie par une humidité glaciale qu'elle n'avait jamais remarquée auparavant.

Tante Clare posa la lampe sur une table et, passant d'une fenêtre à l'autre, elle ferma les rideaux de velours. Puis elle pointa le doigt vers les étagères.

– Amy, mets-toi devant la bibliothèque et lève la main comme la poupée dans la petite maison. Grand-mère n'était pas très grande...

Sa voix tremblait.

– Quand je pense à ce qu'on est en train de faire... Les gens nous prendraient pour des folles.

Amy se dégagea de la main de Louann qui lui agrippait le bras et se plaça face aux étagères. Elle était toujours terrifiée, mais, pour la première fois, elle avait l'impression qu'elle était peut-être sur le point de découvrir le secret de la maison de poupées. Elle leva la main et passa les doigts sur une rangée de livres.

– Sors-les, un ou deux à la fois, suggéra sa tante. Il pourrait y avoir quelque chose derrière. Je suis certaine que ces livres n'ont pas été touchés depuis trente ans.

Amy en sortit quatre, soulevant un nuage de poussière qui la fit éternuer. Elle glissa une main dans l'espace laissé vide.

– Rien, dit-elle.

Tante Clare posa les livres sur la table.

– Alors sors-en d'autres. On va vider cette étagère et celle au-dessus.

Amy prit une nouvelle poignée de livres, puis une autre. Elle vida la première étagère et commença à vider la seconde. La table étant pleine, Louann porta une partie des livres sur le canapé.

– Arrêtons-nous un instant, proposa tante Clare. On va déjà regarder ceux-là.

Elle était si pâle qu'on aurait pu la prendre elle-même pour un fantôme.

– Il y a peut-être quelque chose entre ces pages, qui sait ? Oh, je me sens ridicule… et j'ai peur de ce qu'on pourrait trouver !

Louann ramassait d'autres livres sur la table quand un énorme coup de tonnerre éclata au-dessus de la maison. Lâchant brusquement les livres, elle se laissa tomber par terre.

– Fais-le partir, Amy, gémit-elle. Fais-le s'arrêter.

– Je ne peux pas.

Amy avait conscience des efforts que faisait sa petite sœur pour surmonter sa peur. À la maison, elle devenait souvent hystérique pendant les gros orages.

– Allez, ramasse les livres, Louann. Tu nous aides bien.

Louann se frotta les yeux avec les poings et fit ce qu'on lui demandait.

– Des livres, des livres, des livres, marmonna-t-elle. Des livres partout sur le plancher. Des livres et une lettre.

– Une lettre ?

Amy se retourna et vit sa sœur qui regardait une feuille de papier d'un air agacé.

– Elle était dans un livre, dit Louann. Elle est tombée toute seule.

Amy lui arracha la feuille et l'approcha de la lampe.

– Un marque-page, peut-être ? dit tante Clare.

Elle se pencha au-dessus de la table pour mieux voir, puis se redressa en sursaut.

– C'est l'écriture de grand-mère. Je la reconnaîtrais entre toutes. Oh, Amy !

Elle se détourna et ferma les yeux.

– Lis-la, s'il te plaît. Je ne peux pas.

La main d'Amy tremblait si fort qu'elle distinguait à peine les mots griffonnés sur le papier. Elle lut d'une voix rauque :

– « Il a tué James. Il veut de l'argent. Il va me tuer aussi. Nous avons toujours été généreux avec Reuben… comment a-t-il pu faire ça ? Mon Dieu, je vous en supplie, faites que Paul ne se réveille pas… »

C'était tout. Amy leva les yeux vers sa tante, qui s'accrochait au bord de la table comme si elle allait s'évanouir.

– Qui est Reuben ?

Tante Clare se racla la gorge.

– Laisse-moi voir ce billet, s'il te plaît, Amy.

Elle approcha le papier de la lampe et le lut.

– Reuben Miller était l'homme à tout faire qui s'occupait du jardin et des petits travaux dans la maison, expliqua-t-elle. Il travaillait aussi pour d'autres gens. Il était tranquille… sérieux… fi-fiable, ajouta-t-elle, se mettant à pleurer. *Reuben Miller !* Oh, Amy, je sais que la police l'a interrogé, à l'époque, mais il paraissait si choqué par ces meurtres, et sa femme a juré qu'il était chez lui ce soir-là…

– Où est-il maintenant ?

– Il est mort, il y a longtemps.

Tante Clare se laissa tomber dans un fauteuil.

– C'est trop pour moi. Tu vois ce que ça signifie ? Tom n'a pas tué mes grands-parents ! Ce n'est pas par ma faute qu'ils sont morts !

Amy observa sa tante pendant qu'elle relisait le message. Il se passait quelque chose de magique, une sorte de miracle dans le cercle de lumière jaune. Les petites rides sur son visage s'effaçaient et ses joues reprenaient des couleurs. Elle paraissait plus jeune, plus douce, plus jolie qu'elle l'avait jamais été depuis qu'Amy la connaissait.

– Quand tu m'as dit qu'il y avait un fantôme, j'étais en colère contre toi, Amy, murmura-t-elle. J'ai pensé : si c'est vrai, le fantôme, c'est grand-mère, et elle est toujours furieuse après toutes ces années parce que son meurtrier n'a jamais été identifié. Elle veut que je me sente coupable jusqu'à la fin de mes jours ! Mais maintenant je sais que ce n'est pas Tom qui les a tués. Et ma grand-mère voulait que je connaisse la vérité. Si son esprit est revenu, c'est parce qu'elle veut que j'arrête de me torturer à cause de quelque chose dont je n'étais pas du tout responsable.

Elle était comme une gamine, ravie et soulagée, voulant qu'Amy et Louann se réjouissent avec elle.

– Vous ne croyez pas que c'est pour ça qu'elle est revenue ?

– Moi, je crois que l'orage s'arrête, répondit Louann. Voilà ce que je crois.

Voyant tante Clare et Amy éclater de rire, elle les regarda l'une après l'autre.

– C'est pas drôle, grogna-t-elle. L'orage était mauvais.

*

* *

L'électricité revint tandis qu'elles retournaient à la cuisine. Dans la pièce bien éclairée, tante Clare relut le message de sa grand-mère. Quand elle le reposa enfin, Louann le ramassa sur la table et le glissa dans un livre qu'elle avait rapporté du petit salon.

– Sa place est ici, dans ce livre, déclara-t-elle sagement. C'est de là qu'il est tombé.

Elle posa le mince volume sur la table d'un air satisfait.

Amy regarda le livre, puis sa tante.

– C'est incroyable ! dit tante Clare. Quelle extraordinaire coïncidence ! Grand-mère a dû prendre le premier livre qu'elle a touché.

Amy hocha la tête. À vrai dire, tout ce qui était arrivé ce soir-là était difficile à croire. Mais elle ramassa le livre et passa les doigts sur la couverture.

Une pièce de Henrik Ibsen, était-il écrit en haut de la reliure, et, dessous, en grosses lettres, le titre : *Une maison de poupée.*

19

Le lendemain matin, il ne restait plus aucune trace de l'orage. Tante Clare déambulait dans la maison, le sourire aux lèvres. Tout en s'habillant pour aller à l'église, elle fredonnait, et, dans la voiture au retour, après le service, elle était particulièrement gentille.

– Je me sens si *légère*, dit-elle, émerveillée. Comme si on avait ôté tout un monde de mes épaules. Vous n'imaginez pas comme je me sens différente !

Amy pensait le savoir. Tante Clare n'avait plus besoin d'elle ; il y avait une sérénité nouvelle dans son comportement et dans la vieille maison elle-même. Et c'était bien ainsi, car Amy était prête à rentrer chez ses parents. Elle était contente que sa tante ne proteste pas quand elle lui annonça que Louann et elle partiraient dès qu'ils seraient de retour.

– Il faut absolument que votre père soit au courant au sujet de Reuben Miller, dit tante Clare. Il a le droit de connaître la vérité. Mais je ne vais pas lui raconter, ni à lui ni à personne d'autre, comment nous avons découvert le message de notre grand-mère. Si vous voulez le faire, libre à vous. Je n'arrive pas encore à le croire moi-même. Si votre père pense que je devrais parler de Reuben à la police, je le ferai, même si, à mon avis, plus personne – en dehors de moi – ne se soucie de savoir qui était l'auteur des meurtres.

– Je vais tout raconter à Ellen, dit Amy. Elle, elle nous croira.

Elle envisageait déjà un long et bel été avec une véritable amie à qui elle pouvait vraiment parler.

Sa tante acquiesça.

– Ellen est une bonne amie. Tu sais, ajouta-t-elle, je crois que je vais mieux profiter de mes propres amis une fois rentrée à Chicago. Ce sera différent, cette fois, parce que j'aurai changé. Finis les cauchemars où mes grands-parents me méprisent, me culpabilisent. Finis les remords, même si je serai toujours désolée de leur avoir causé tant de soucis. Je vais trouver un travail qui me plaît, et repartir à zéro.

Elle se pencha vers Amy, assise en face d'elle de l'autre côté de la table, et ajouta en y mettant tout son cœur :

– J'aimerais te voir aussi insouciante que je le suis en ce moment, Amy. Je te considère comme ma propre fille.

Son regard se posa sur Louann, et Amy comprit à quoi elle pensait. Elles restèrent là, assises en silence, chacune dans ses pensées, jusqu'à ce que Louann, qui commençait à s'ennuyer, décide de remonter. Elle avait une boîte de trésors à examiner : de vieux jeux que tante Clare avait trouvés au fond d'un placard. Son pas lourd résonna dans l'escalier.

– Je continue à penser à ce qui t'a amenée ici il y a une semaine, dit tante Clare. Et à quel point tu étais contrariée. Que feras-tu la prochaine fois que tu auras envie de t'enfuir ?

C'était la question qu'Amy elle-même s'était posée.

– Je sais que ta mère ne veut plus de mes conseils, poursuivit tante Clare. Mais peut-être qu'elle et toi pourriez parler de tout ça ensemble, un de ces jours. Tu peux l'aider à comprendre que Louann et toi devriez parfois passer quelque temps l'une sans l'autre. Tu en as besoin, et Louann a le droit de rencontrer d'autres gens...

– Comme Mrs Peck.

Amy se rappelait avoir éprouvé une certaine jalousie quand Louann évoquait les bons moments qu'elle avait passés avec Marisa.

– Comme Mrs Peck, approuva tante Clare. Ce serait super si Louann pouvait continuer à passer quelque temps chez elle tout l'été. Si tu es en vacances, tu ne devrais pas pour autant devenir baby-sitter à plein temps.

– Ma mère pense que nous devons nous occuper de Louann nous-mêmes... et...

Amy choisissait ses mots avec soin. Elle n'avait jamais essayé d'expliquer cela à personne auparavant... ni à elle-même.

– ... et c'est un peu ce que je pense aussi, je crois, bien que j'en aie vraiment assez parfois. Je ne sais pas pourquoi, mais c'est comme ça.

Tante Clare commença à rassembler les assiettes et les verres.

– Je vais encore te dire une chose, et après je me tairai, dit-elle en souriant. Je n'ai peut-être pas d'expérience en ce qui concerne l'éducation des enfants, mais je m'y connais pour ce qui est des sentiments de culpabilité. Et je suis sûre que ta mère se sent aussi coupable que moi à sa façon. Elle s'en veut parce que Louann a un handicap mental… Il n'y a aucune raison qu'elle s'en veuille, mais c'est un sentiment tout à fait humain. Et, parce qu'elle se sent coupable, ton père et toi vous sentez également coupables. Louann est *votre* fardeau familial, et c'est à votre famille de s'occuper d'elle… N'est-ce pas ainsi que tu vois les choses ?

Amy était stupéfaite. Jamais elle n'avait imaginé que sa mère pouvait se sentir responsable du handicap de Louann. C'était possible, après tout. Quand même, il y avait quelque chose qui n'allait pas dans la description que sa tante faisait de leurs sentiments… quelque chose qui manquait. Elle avait envie d'en parler un peu plus, mais le bruit d'une voiture sur le gravier interrompit leur conversation.

– Papa et maman sont là !

Louann descendit bruyamment l'escalier et sortit en courant. Quelques secondes plus tard, tout le monde se retrouva sur le perron pour des embrassades à n'en plus finir, comme si les uns et les autres ne s'étaient pas vus depuis des semaines.

– Un peu tardif, mais… Joyeux anniversaire ! s'exclama le père d'Amy. C'est une terrible responsabilité d'avoir une ado dans la famille. Du coup, je me sens plus vieux, moi aussi.

Amy lui fit une grimace.

– Comment va le mari de Barbara ? demanda-t-elle. Il va s'en sortir ?

Le visage de sa mère s'assombrit.

– Les médecins ne savent pas encore s'il guérira. J'ai vraiment de la peine pour cette petite famille.

Elle serra de nouveau ses filles dans ses bras.

– J'étais si impatiente de vous revoir toutes les deux. Nous avons tellement de chance...

Les laissant ensemble sur le perron, tante Clare retourna à l'intérieur pour préparer des verres de limonade et une assiette de cookies.

– On va rentrer avec vous aujourd'hui, dit Amy timidement. Mes affaires sont prêtes.

Sa mère parut ravie.

– Je suis si contente ! Vous nous avez manqué, Amy... surtout Louann.

– Pourquoi surtout Louann ? demanda Mr Treloar. Amy m'a manqué tout autant.

– Amy m'a manqué tout autant, répéta Louann. Tante Clare m'a donné des jeux, dit-elle, changeant de sujet. Je sais y jouer. Amy dit que non, mais je sais.

– Non, tu ne sais pas, soutint Amy. Je te l'ai dit ce matin. Tu dois jeter les dés et puis bouger...

– Je sais. Si, je sais !

Le visage de Louann devint soudain tout rouge. Elle traversa le perron à quatre pattes pour aller se réfugier contre les genoux de sa mère.

– Dis à Amy que je sais, maman. Dis-lui !

– Amy, s'il te plaît, ne la contrarie pas...

C'était une scène qui lui était familière. Mais cette fois il y avait une différence et Amy le savait, alors même qu'elle lançait à Louann des regards furieux. Ces deux derniers jours, sa sœur et elle avaient vécu beaucoup de choses ensemble. Elles avaient été partenaires, s'accrochant l'une à l'autre quand elles avaient trop peur. À ce moment-là, Amy comprit ce que tante Clare avait oublié quand elle parlait de « fardeau familial ». Elle avait oublié l'amour. Louann, accroupie là comme un petit enfant plein de colère et de frustration, était une vraie personne. Une sœur. Elle s'était montrée courageuse quand Amy avait peur. Elle avait des bons et des mauvais côtés, comme n'importe qui d'autre.

– Je jouerai avec toi à ces jeux la semaine prochaine, Louann, proposa Amy. Ou peut-être Mrs Peck, si j'ai d'autres choses à faire.

Tout en prononçant ces paroles, elle regardait sa mère dans les yeux. Retenant son souffle, elle attendit le petit signe d'approbation qui finit par venir.

– Voilà, me semble-t-il, un bon compromis, dit son père. Et cette limonade m'a l'air excellente, Clare.

Il ouvrit la porte grillagée à sa sœur qui attendait là avec un plateau de verres, ne voulant pas interrompre. Louann se releva, oubliant sa colère, et fit passer les verres.

– Rien ne vaut un petit en-cas, déclara-t-elle, d'un ton si semblable à celui de sa tante que tout le monde rit.

*

* *

Une heure passa. Les Treloar s'attardaient sur le perron, sirotant leur boisson et écoutant les projets de tante Clare à propos de la maison et de son retour à Chicago. Finalement le père d'Amy posa son verre et se leva.

– Il est temps de rentrer chez nous, dit-il. Le week-end a été long et fatigant.

Pour nous tous, songea Amy.

Tante Clare bondit.

– Avant que vous partiez, Paul, il y a une chose que j'aimerais te faire voir au grenier. Je suis sûre que tu as oublié son existence. Tu étais trop petit quand je l'ai reçue.

Amy sentit revenir ce serrement familier au creux de l'estomac. Elle n'avait pas envie de remonter au grenier. Elle voulait juste rentrer chez elle. Mais, quand les autres se mirent à suivre sa tante, il ne lui fut guère possible de rester en arrière.

Louann courut en avant lorsqu'ils atteignirent la porte du grenier.

– Par ici, cria-t-elle. Je sais ce que c'est.

La maison de poupées était ouverte, exactement comme elles l'avaient laissée la veille. Ou presque. Amy sentit venir la chair de poule sur ses bras. Les poupées avaient bougé de nouveau. La grand-mère, le grand-père, la grande sœur et le petit garçon étaient assis à la table de la salle à manger, comme elle les avait installés avec Ellen plus d'une semaine auparavant. Amy regarda du côté de sa tante et la vit écarquiller les yeux.

– Oh ! C'est superbe ! s'exclama Mrs Treloar. Clare, c'est la plus jolie maison de poupées que j'aie jamais vue. D'où vient-elle ?

– C'était la mienne autrefois. Mais personne n'a jamais joué avec, et je trouve que c'est bien dommage. Je ne sais pas pourquoi, ajouta-t-elle avec un sourire taquin en direction d'Amy, mais je ne pense pas qu'Amy s'en amuserait beaucoup, même si elle adore les miniatures. Mais je sais que Louann serait très contente de l'avoir, et je serais ravie de la lui donner.

Mrs Treloar n'en croyait pas ses oreilles.

– Oh, c'est beaucoup trop beau ! s'exclama-t-elle. Un tel jouet devrait être dans un musée. Louann risque de casser des choses. Il ne faut pas…

Ses protestations cessèrent quand Louann s'agenouilla et, tendant le bras, toucha d'un doigt léger une table, puis une chaise.

– À moi ? murmura-t-elle, incrédule. La maison de poupées est *à moi* ?

– Mais oui, répondit tante Clare. Si tes parents sont d'accord.

Mr Treloar s'éclaircit la voix.

– Je suis sûr que Louann en prendra le plus grand soin, dit-il.

Il avait les larmes aux yeux, et pendant un instant Amy songea à ce qu'avait pu être pour lui cette nuit de son enfance où il avait été réveillé par la police dans un placard et emmené chez des étrangers. Lui aussi avait de terribles souvenirs avec lesquels il devait vivre.

À présent il regardait les poupées rassemblées autour de la table.

– Elles ont l'air heureuses, n'est-ce pas ? déclara-t-il. Comme une vraie famille.

Un bras autour d'Amy et une main sur l'épaule de Louann, il ajouta :

– C'est la meilleure chose au monde… une famille. Tu es d'accord, Amy ?

– Je suis d'accord, répondit Amy en s'appuyant contre lui.

– Et toi, Louann ?

Mais Louann était trop occupée pour répondre. Elle passait une petite assiette de porcelaine d'une poupée à une autre.

– Tenez, prenez un cookie au chocolat, dit-elle doucement. Vous vous sentirez bien mieux après.

BETTY REN WRIGHT (1927-2013)

À l'âge de huit ans, Betty Ren Wright commença à copier ses poèmes dans un cahier avec son nom écrit sur la couverture. Ce fut son premier livre, et l'idée lui plut tellement qu'elle ne cessa jamais d'écrire. Durant sa scolarité et ses études universitaires dans le comté de Milwaukee, dans le Wisconsin, elle profita de toutes les occasions pour écrire. Sa première nouvelle, une histoire à énigme, fut publiée peu après l'obtention de son diplôme, et son premier album parut quelques années plus tard.

Betty Ren fut à la fois éditrice et autrice de livres pour enfants. Plusieurs de ses ouvrages ont été récompensés, notamment à deux reprises par les Texas Bluebonnet Awards et les Missouri Mark Twain Awards. En 2006, l'association des bibliothèques du Wisconsin l'a consacrée « meilleur auteur de livres pour enfants ».

INTERVIEW EXCLUSIVE DE L'AUTRICE...

Quels types de livres aimiez-vous lire quand vous étiez enfant ?

Je lisais continuellement, et de tout. Tous les vendredis, ma mère rapportait à la maison des tas de livres de la bibliothèque de l'école d'instituteurs, et je les avalais en entier. J'adorais les histoires de famille (même les plus sentimentales !). Je n'aimais pas tellement la *fantasy* ; je recherchais les histoires de fantômes, mais je voulais que les fantômes apparaissent à des gens ordinaires comme moi.

C'est pour cette raison que vous écrivez des histoires de fantômes !

J'ai toujours adoré les histoires de fantômes, mais, à mesure que je grandissais, il semblait toujours y avoir une explication pour ce qui semblait être surnaturel.

Je voulais de vrais fantômes et, avec *La maison de poupées*, je les ai trouvés. Apparemment, de nombreux lecteurs recherchaient la même chose, et j'en suis ravie.

D'où vous viennent les idées pour vos livres ?

Eh bien, comme beaucoup d'écrivains, j'utilise mes propres expériences et celles de mes amis pour points de départ. Ou je me souviens de sentiments éprouvés dans l'enfance et je pars de là. Chaque fois, l'histoire achevée est très différente de ce qui est réellement arrivé, car lorsque je me mets à écrire je me demande sans cesse : Et si... ? Et si cette maison était hantée ? Et si j'avais dix ans et que je devais passer tout l'été avec un oncle célibataire qui n'aime pas les enfants ? Et si mes rêves se réalisaient vraiment, et que j'avais peur de raconter à ma famille ce qui arrivait ? Je réfléchis à des tas d'hypothèses différentes pour chacun de mes livres, et, quand j'ai fait mon choix, le livre a commencé à prendre forme.

Que pouvez-vous nous dire à propos de vos deux livres les plus populaires, La maison de poupées *et* Le fantôme de Christina *?*

La maison de poupées a vraiment commencé le jour où j'ai vu deux jeunes frères, dont l'un était handicapé mental, partager un pique-nique à un arrêt sur le bord de la route. La direction du roman s'est dessinée le jour où j'ai aidé mon amie à nettoyer sa maison de poupées (on se servait de pinceaux à aquarelle très fins).

Je me suis vraiment amusée à écrire ce livre. Une de mes amies avait construit une maison de poupées qui était l'exacte reproduction de la maison de ses grands-parents. Les tableaux, les livres, les couvertures, les meubles... tout était parfait ! Ce qui lui manquait, selon moi, c'étaient des fantômes. Je m'intéressais aux problèmes des familles qui ont un enfant handicapé mental. J'avais écrit des textes de fiction pour des magazines autour de ce sujet, et je voulais l'utiliser de nouveau dans un roman. Les personnages et le cadre allaient si bien ensemble que le livre s'est quasiment écrit tout seul.

Dans La maison de poupées, *Amy est assurément une héroïne pleine de cran !*

Amy est une protagoniste qui devient plus forte quand elle est sous pression. Un trait de caractère que j'admire vraiment. (Si j'étais Amy, je ne me serais sans doute pas enfuie, pour commencer !)

Avez-vous jamais visité ou séjourné dans une vieille maison un peu inquiétante dont vous gardez le souvenir ?

Pendant une douzaine d'années, à Racine, j'ai habité un appartement aménagé dans la véranda d'une immense maison vieille de cent ans. Il y avait parfois des courants d'air mais toujours du soleil, et une belle cheminée. J'ai adoré le temps que j'y ai passé, même après que les propriétaires, qui vivaient dans le reste de la maison, m'ont dit qu'elle était hantée. Je l'en ai peut-être appréciée encore davantage, car j'espérais toujours rencontrer le ou les fantômes qui la hantaient... Malheureusement ils ne sont jamais venus dans la véranda.

Quels ont été vos livres préférés quand vous étiez plus jeune ?

J'aimais les histoires d'autrefois (déjà démodées même quand j'étais petite), comme *Les quatre filles du docteur March*, *Le rêve de Jo March*, *L'île au trésor* et *Prince noir.* J'aimais bien aussi les histoires d'animaux. Dans la petite bibliothèque de mes grands-parents j'ai découvert toute une collection de livres d'Horatio Alger (ceux de mon oncle), et j'ai lu aussi des livres de « Alice Détective », même si ce n'étaient pas mes préférés. Plus tard, *Sarn* de Mary Webb est devenu mon grand favori, une sorte de conte de fées réel.

Avez-vous appris des choses sur vous-même en écrivant ?

Écrire pour les jeunes m'a amenée à regarder en arrière, à me pencher sur mon enfance et à m'interroger sur les influences qui m'ont formée. Je crois que j'ai appris à regarder le passé sans crainte. Je ne rejette rien de ces expériences maintenant ; elles sont les ressources auxquelles je peux puiser pour des idées d'histoires stimulantes.

Quels conseils donneriez-vous à de jeunes auteurs ?

Je n'ai qu'un conseil : lire, lire, LIRE ! Des romans, mais pas seulement. C'est sans doute le plus important ! Profitez de toutes les occasions pour écrire, même si le sujet qu'on vous donne ne vous intéresse pas. Lisez les œuvres de nombreux écrivains, puis demandez-vous lesquels vous aimez le mieux et pourquoi… et ne vous contentez pas d'une réponse facile. Essayez de voir ce que vos auteurs favoris ont fait pour rendre leurs livres intéressants. Vous développerez ainsi votre goût et votre jugement, ce qui vous permettra de donner le meilleur de vous-même quand vous vous mettrez au travail.

Cet ouvrage a été mis en pages
par DV Arts Graphiques à La Rochelle

Impression réalisée par
GRAFICA VENETA
en juin 2021
pour le compte des Éditions Bayard

Imprimé en Italie